유미의 세포들에 보내주신
응원과 사랑에 행복했습니다!
함께해 주셔서 감사합니다 ♥♡

이동건

유미의 세포들

위즈덤하우스

목차

409

과거는 그냥 과거

유미의 머릿속에서는
아까부터 다른 주제로
회의가 한창이다.
원래 커플링이
반지였대.

그럼 나머지 하나는
뭐 하려고 숨긴 건데?
궁금해!
-호기심 세포-
삐! 정답!

프러포즈!
-입방정 세포-

반지에 대한 여러 가지
상상을 하다 보니

좀 찡하기도 했다.
찡!
-감성 세포-

하지만 이성적으로 생각해야 한다.
이미 다 끝난 상황이잖아.
-이성 세포-
퍽!
퍽!
하긴 이런 게 다
무슨 소용이야?

일에 집중하자! 뭐야?
왜 아무 소리도 안 들려?
누가 음소거 해놨냐…
빨리 소리 켜.

죄송해요.
뭐라고 하셨죠?
유미 작가님도
멍멍타임 하세요?!

저 레벨 52!!!
친추 하세요!
아… 이거
웅이가 하라고 준 건데
저는 게임 잘 안 해요.

그럼 안 쓰는 거면
쿠폰 저 주면 안 돼요?
저 멍멍타임 게임하거든요.

줘요!
어차피 쓰지도
않을 쿠폰!
-아낌없이 주는 나무-
BOW WOW
TIME
이거요?

안 돼!!!
안 쓰더라도 준 사람 성의를
생각해서 갖고 있는 게 예의!
-예의 세포-
이미 줄 것처럼
손 내밀었는데?

100캐시면
100원 아니야?
넘 쪼잔해.
-이미지 관리 세포-
이대로 두면 유미는
왕소금 이미지가 되고
말 거야.

쓰지도 않는 쿠폰
왜 안 주고 버티는데!!
줘!! 주란 말이야!!!
BOW WOW
TIME
웅이가 선물한 거잖아.
선물받은 건 안 돼!

웅이가 준 거라서
저 쿠폰에
의미 부여하는 거였어?!
오뜨케…
아… 아니.
그런 뜻이 아니고
누가 줬든 선물이니까…

얼레 꼴레리~ 예절이는
우~ 웅이를 사랑한대요~
웅이 못 잊었나 봐
어머 미쳤어~

웅이랑 끝난 지가 언젠데
이런 거에 의미 부여하겠냐?
쿠폰 주면 되잖아?! 됐지?

그래요.
저는 게임
잘 안 하니까…

뭐?!
이미 유미 누나한테
마음을 전했다고???

이 멍청아!!!
그렇게 대뜸 들이대면
부담 느껴서
다 도망가지!!
...퍽이나
걱정 마.
알아서 잘했으니까.

뭘 어떻게 알아서
잘했는데?
복잡—
복잡—
간단해.
게임 속에 유미에게 전하는
메시지를 넣고 그걸
오픈할 수 있는 패스워드를
게임 쿠폰처럼 만들어서 줬어.

걱정했는데
정말 다행이다!
세상 복잡하고 귀찮게
만들었네?
……
다행히
유미 누나가 확인할 일은
없을 거야!!

네가
뭘 걱정하는지는
알겠는데
유미에 대한 거라면
내가 더 잘 알아.

유미는
서프라이즈를
좋아하거든.

그거
서프라이즈
아니야.
?!!

형이 남자친구일 때나
그게 서프라이즈인 거지.
?!!!!

으이그!
우리 웅이 형.
그런 거였어?
유미 작가 못 잊고 있었어?

게임하다가
진짜 깜짝 놀랐네.
게임 쿠폰이
서프라이즈 이벤트일지
누가 알았겠어?

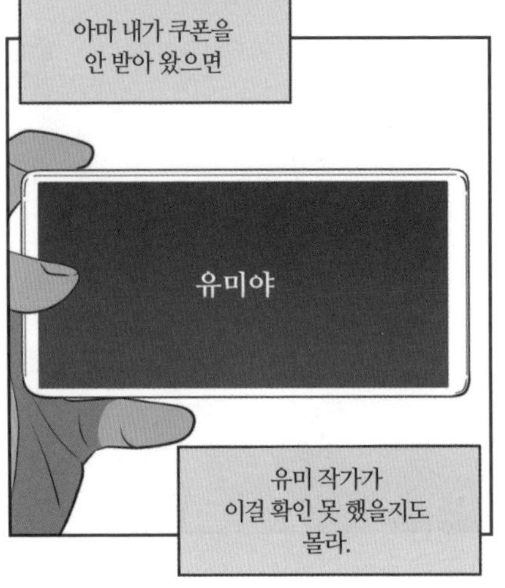
아마 내가 쿠폰을
안 받아 왔으면
유미야
유미 작가가
이걸 확인 못 했을지도
몰라.

뭔가 좀 찡하더라고.
두 사람의 옛날이야기인가 봐?

뒤적
뒤적
-오지랖 세포-

애잔한 이야기 잘 봤어 형.

설렘은 없어?
설마 하나도
안 넣은 거야?

쾅!!
근데 과거를 되돌리고 싶으면
이렇게 하면 안 될 텐데…

웅이 형은
Ctrl+Z 기능을 전혀
이해하지 못하고 있네?

410

변했다구웅(feat. Ctrl+Z)

형이 만든
서프라이즈…
잘 봤어.

뭔가 좀 찡하네.
근데
아마 잘 안 될 거야
웅이 형.

지금 유미 작가는
연애 자체를 할 마음이
전혀 없어 보이더라고.

그런데 이게 통하겠어?
바로 까이고
차단당하든지
'너 이러는 거
너무 불편해'라는 소리나
듣겠지 뭐.

그때 추억은
구웅 너한테만
아름다운
거라고!!
-오지랖 세포-

옛날이야기 한다고
떠난 연인이
돌아오냐?!!
우쒸!
뚜쒸!
알았으니까
나와서 말해.
그건 싫어.

내가 끼어들 일이 아니야.
나는 그냥 쿠폰을 유미 작가한테
전달하기만 하면 돼.
그럼 우리 웅이 형은
100% 까일 텐데?

제트는 이 쿠폰을
어떻게 하면 좋을까?

유미에게 전달한다 ▷ ⑨페이지로
구웅에게 돌려준다 ▷ ⑩페이지로

쿠폰을 받은 유미는 영상을 확인했고
웅이는 그날 밤 거절 문자를 받았답니다!
-끝-
크헝!!!

…이게 게임 쿠폰인 줄로만 알고 제가 달라고 했거든요.
TIME
이거 형한테 다시 돌려줘야 할 것 같아서요.

혹시 끝까지 다 본 건 아니지?
서너 번 돌려 봤어요, 잘 만드셔서.
……

알았어. 유미한테는 비밀이야. 이거 내가 다시 보낼 거니까.

헐… 이거 보내지 말라고!!!

전 남친 아니랄까 봐
왜 이렇게 구질구질한
방법을 쓰는 건데!!!
에휴……

방법을 좀
바꿔!!!
-오지랖 세포-
나와서 말해
그럼.
그건 싫어.
남의 일에 끼어들고
싶지 않아.

제트는 어떻게 하면 좋을까?

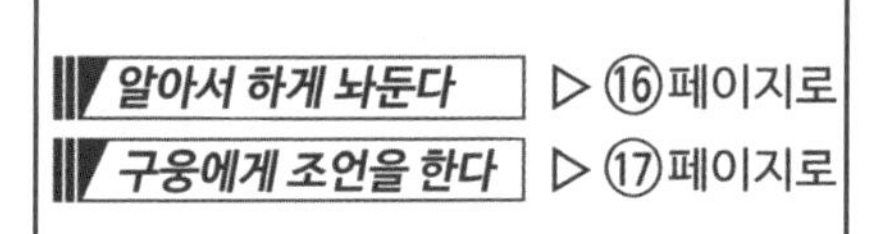
알아서 하게 놔둔다 ▷ ⑯ 페이지로
구웅에게 조언을 한다 ▷ ⑰ 페이지로

결국 쿠폰을 다시 보낸 구웅은
유미의 싸늘한 문자를 받게 되었답니다.
-끝-
크헝!!!

전 남친으로만
영원히 남고 싶은 거예요?
뭐???

왜 이미 끝난 연애의
뒷부분부터
이어가려는 거예요?
?!!!

끝난 연애를
되돌리는 방법은
한 가지뿐이에요.

처음부터
다시 시작하는 것.
끝난 연애를 Ctrl+Z
하는 유일한 방법이에요.

관심을 얻고
문자를 보내고
썸 타고
데이트 약속을 하고
처음부터 다시
밟아가라구요.

쿠우우웅!!
제트의 조언은
구웅을 각성시키기에
충분했다.
뭐지?!
온몸에 넘쳐나는
엄청난 파워는?!

담백함과 신선함이
대폭 상승했어!!!!
매력도도
함께 증가하고 있다!!!

컨트럴 짘…
왜 나를
도와주는 거지?

소중한 기회를
허무하게 날리면 아깝잖아요.

유미야 다음 주 토요일에 점심 어때? 네가 좋아하는 고등어구이 먹으러 갈래? 저녁도 괜찮고~ 시간은 너한테 맞출게 일요일도 괜찮고
구질구질 포인트가 이제 눈이 보인다!

담백하게 체인지!!!!

다음 주 시간 어때? 우기 볼 건데 괜찮으면 너도 올래?
띠링!!

음……
타닥-
타닥-
다음 주는 부모님 집에
갈 거라서 안 될 것 같아

깔끔!!
다음 주는 부모님 집에
갈 거라서 안 될 것 같아
ㅇㅋ 알겠어~
잘 다녀와
오케이!
까여도 깔끔하게
!!!

411

바비 출몰 지역 1

정말 맛있는 스콘을
파는 이 카페는
스콘!
스콘!
출입 제한 구역이다.

왜냐하면 저곳은
바비 출몰 지역이기 때문이지.
아차차!!!
큰일 날 뻔했네.
턴!!

해당 지역을
즉시 빠져나와!
여긴 위험 지역이다!
다른 가게로
이동하자!!!

하지만
당장 저 가게 스콘을
투여하지 않으면 출출이는
죽고 말 거야.
살려줘…
-출출 세포-
듣던 중
반가운 소리네.

빨리
스콘 내놔!!!
벌떡!!!
저 가게는 원래
내가 뚫은 곳이야!!!
맞네!
저긴 원래부터
내가 다니는 곳이야!
피할 이유
없어!
오히려 바비 쪽에서
유미 출몰 지역으로
지정해 놨을 거야.
오히려
바비가 이쪽은
얼씬도 안 할걸?
훌륭한 판단이었다.
나는 이곳을 몇 번이나
드나들었지만
바비를 마주친 적은
없었다.

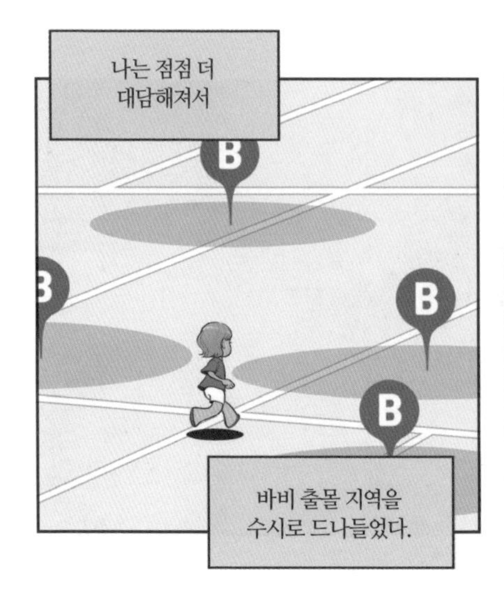
나는 점점 더
대담해져서
바비 출몰 지역을
수시로 드나들었다.

하지만 바비 출몰 구역에도
등급이 있다.
Cafe.DanGer
바비 단골 카페인 이곳은
고위험군에 속한다.

여기는 좀
위험한데…
왜?
바비 때문에 그래?
상관없잖아?
마주치면 뭐?

마주쳐도
상관은 없지.
근데 오늘
옷 상태 왜 이래?

이런 꼴로는
아는 사람 누구든
마주치기
싫은데?

이건 좀 짚고 넘어가야겠어,
요즘 유미 옷 왜 이렇게
설렁설렁 입혀??

최소한 외출복은
입혀서 내보내야
할 거 아냐?
외출복인데?
-이성세포-
-패션 테러리스트-

저 티셔츠는 유미가
잘 때 입는 거 아니야?
상태가 너무 좋아서
승격시킨 거야!
엄연한 외출복이라고!

바지는 태클 걸지 마.
얘는 우리집 에이스야.

그냥 잠옷을
입고 나온 거잖아
!!!!!
퍽!

추리닝 중에
무릎이 제일 덜
튀어나온 애라고!

대충 입어.
연애도 안 한다면서
왜 이렇게
옷 투정인데.

저렇게 입고
다니면 위험해…
너희들
그 괴담 몰라?

거지같이 입고 다니면
전 남친이나 썸남, 첫사랑이
나타난다잖아.
뭐? 거지?
쟤 말 막 하네?
-불안 세포-

구리구리한 옷에서는
특정 에너지가 발산되는데
그 에너지에는
아는 사람을 끌어들이는
무시무시한 힘이 있다고 하잖아!

아니! 안심해도 돼.
이론상 두 사람이
마주칠 일은 없어.
-스케줄 세포-

바비의 활동 시간대와
유미의 활동 시간대가
전혀 달라서
유미의 활동 시간
〈am 11:00~pm 04
바비의 활동 시간
m 05:00~pm 08:00〉
두 사람이
마주칠 확률은
제로에 가까워.

…이 시간에
마주칠 일 없겠지?
그래도
혹시 모르니까.

카페 내부 클리어!
바비 없음!!
내부로 진입한다!
오케이!

잠깐!!! 코에서
긴급 연락이 왔어.

…나 지금 바쁜데, 왜?
뭐? 익숙한 냄새가
난다고?
무슨 냄새?

방금 바비 냄새를
감지했다는 거.
-개코봉이-
바비 냄새?
주변에 아무도
없는데??

잠시만요.
?!!!

들어갈게요.

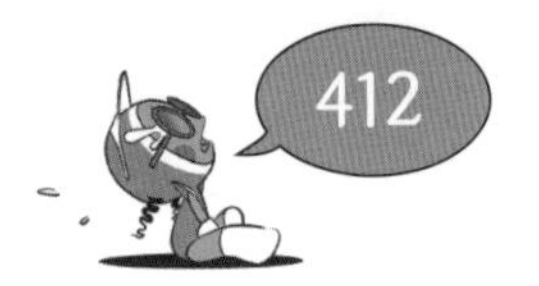

바비 출몰 지역 2

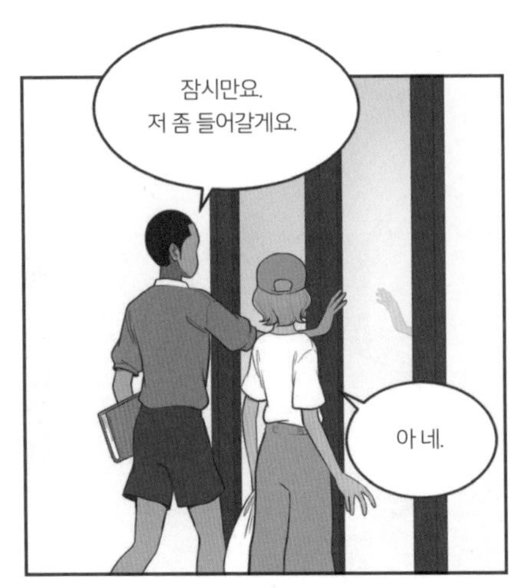

잠시만요.
저 좀 들어갈게요.
아 네.

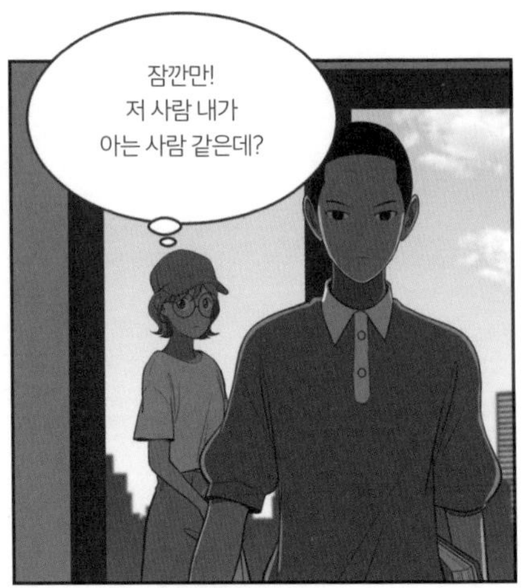

잠깐만!
저 사람 내가
아는 사람 같은데?

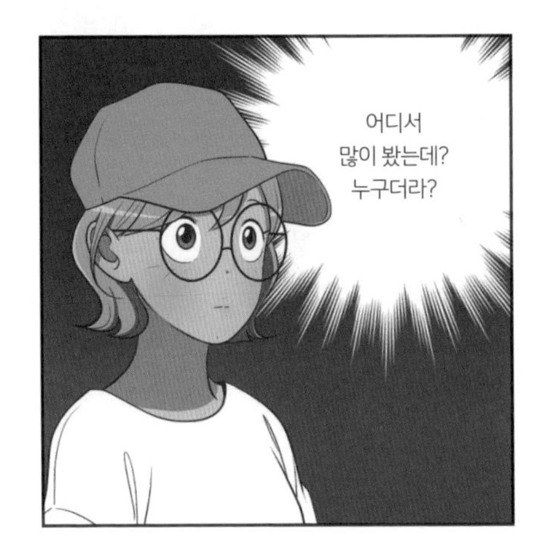

어디서
많이 봤는데?
누구더라?

안녕! 난 전달 세포야.
해마도서관
다다다!
유미의 심부름을
도맡아서 하고 있어.
쌔애앵!!!

유미가 필요한 거라면
도서관을 다 뒤져서라도
찾아내고야 말지!
소설가 무빙건
대표작 당도 100%
당도100%
찾았다!

무빙건!!!
『당도 100%』를 쓴
천재 작가!

!!!!!
쿵!!
-마음의 문-

-작가 세포-
빨리 가서
돌고래 데려와!!
여기 데려왔어.
시작해!
돌고래 스크림
!!!

잠깐만!!
만약에 아니면?
그냥 닮은 사람일 수도
있잖아!!
신원 확인을
해봐야 하는 거
아냐?

저기… 혹시
무빙건 작가님
아니세요?
멈칫!!

스윽-

끄덕!
진짜다!

!!!!!!!!!!!!
〈돌고래 스크림〉
기쁨을 표현하는 고주파 스크리밍.
공공장소에서는 음소거 처리된다.

음소거 처리를 하면
어떻게 해?!!!
팬 인증하려고
하는 건데!!!!
그러면 사람들이 다
쳐다볼 텐데…

덕질 한 번도 안 해봤어?
팬 인증하려면 가장 초기
작품 이름을 대면 돼.

!!!!!

『달콤한 인생』 때부터
팬이었어요.
!!!!!

와 미쳤어!!!
완전 멋있어!!!
감사

이대로 보낼 거야?
악수라도… 아니면
사진이라도!!!
그래… 이렇게는
못 보내지

악수 요청
용기 12바가지
사진 요청
용기 8바가지
사인 요청
용기 2바가지
힝! 악수 한번
하고 싶었는데!!
용기가 부족해!!

사인!!!
사인으로 간다!!!!

실례가 되지 않는다면
사인 하나만 부탁드려도
될까요?

뭐야!!!
악수다 악수!!!
대박이다!!!
스―윽

무빙건은
인성도 대박!!!!
여… 영광입니다.

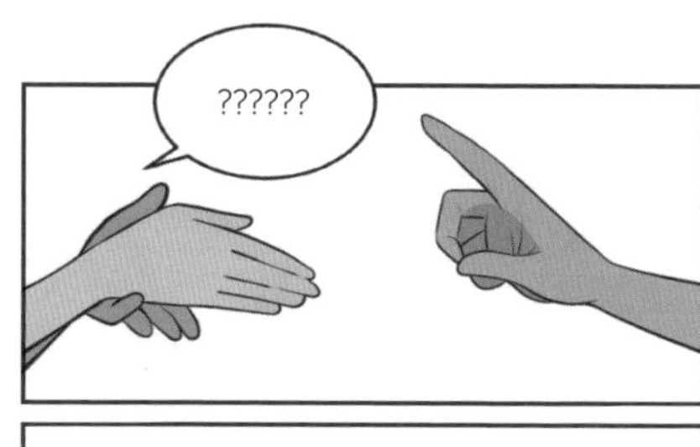
??????

아!
펜 달라고…

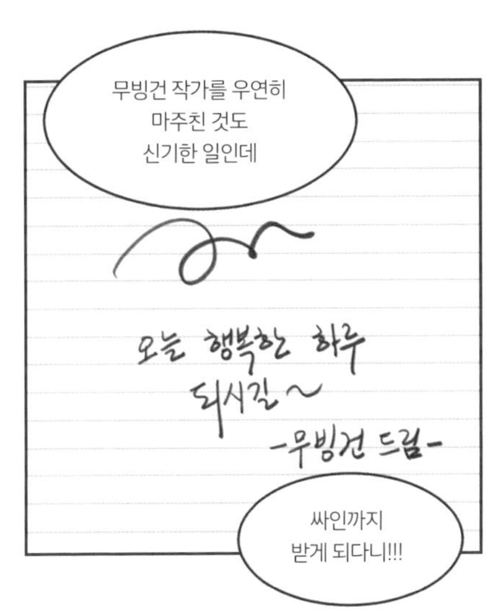
무빙건 작가를 우연히
마주친 것도
신기한 일인데
오늘 행복한 하루
되시길~
-무빙건 드림-
싸인까지
받게 되다니!!!

아까 무슨 말을
했었는지
내가
실수한 건
없겠지?
유미는 기억조차
안 난다.

서프라이즈한 상황이 발생하면
유미는 순간 무장해제 상태가
돼버리거든.

유미야.

?!!!!

잠깐
잊고 있었나 본데…

여기 바비 출몰 지역이야.
오랜만이네?

413

내가 만약 유미를 마주치게 된다면 1

…그러게.
오랜만이네?

얘는 왜 하필
추리닝 입고 있을 때
나타나는 건데!!
-감성 세포-
만나도 꼭
이럴 때 만나냐…

유리 유미
평소에 이거보다는
잘 입고 다니거든?
-감성 세포-
기구해…

쟤… 오해하는 거 아냐?
'나랑 헤어지고 나서
유미가 힘겨워하나 봐.'
아니거든!
잘 먹고
잘 살거든?!!

그럼 가서 보여줘!
잘 먹고 잘 산다고!!!!
겨우 옷 때문에
주눅 들지 말고!
-자신감 세포-

자신감의 표현은…
여유로운 표정에서 나온다!

잘 지내지?
씨익-

응, 잘 지내지.
너도 좋아 보인다.

바비 쟤는 더 여유로워 보인다.
자신감 넘치는 표정도 예전 그대로다.
넌 어떻게
지내?

늘 그랬던 것처럼
옷도 잘 입고 다니고…
젠장… 갑자기 주눅이 든다.
나? 나야 뭐
잘 지내지…

왜 목소리가
기어 들어가?
자신감 이 자식
어디 갔어?
-이성 세포-

꾀죄죄한 옷에서 방출되는
에너지 때문에 자신감 세포가
힘을 제대로 쓸 수가 없다.

글이 점점 더
좋아지던데?
재밌게
잘 보고 있어.

??
내 소설
챙겨 보고 있었어?
안 볼 줄 알았는데…

바비는 말하는 것도
여전히 다정했다.
헉!!!
꿀이잖아!!!!

그래도…
다정한 건
여전하네.

너도
먹어봐.
-명탐정 세포-
그 꿀 잘못
먹으면 큰일 나.

착각하면 안 돼!
이건 원래
바비의 말투야.

특별한 의미나
애정을 담은 게 아니라고!

저 여유 넘치는 모습 보면 모르겠어?

그러니까
꿀 좀 작작 처먹어!
꼴깍!
꼴깍!

바비도
모든 정리가
끝난 상태라서
지금처럼 아무렇지 않게
행동할 수 있는 거야.

그러다가
<싱숭생숭>
이라도 걸리면 네가
책임질 거야?!!

〈싱숭생숭〉
내가 갑자기 또 왜 이러나
싶은 생각이 들며 이리 뒤척 저리 뒤척
잠 못 자는 상태(치료 약 없음).
싱숭생숭?!!!

큰일 났어!
호기심 세포가
꿀을 퍼먹더니
바비가 그동안
어떻게 지냈는지
궁금하대!
-호기심 세포-

그동안 어떻게
지냈는지 대궁금!
이히힛
니가
그거 알아서
뭐 할래?!!!
펑!!!
-이성 세포-

그런 거 물어보면
지는 거야!!!!
대화 끊고
먼저 돌아서!!!
빨리!!

그럼 가볼게.
우연히 마주친 바비를
평소처럼 대했다.

그래 잘 가.
바비도 그랬다.

모르는 척하는 것도 웃기고
그렇다고 차갑게
굴기도 좀 애매하고

바비도 애매했을걸?
갑자기 마주쳤잖아.

유미야.
바비도 좀
당황스러웠을걸?

414

내가 만약 유미를 마주치게 된다면 2

유미와 헤어진 다음 날
뭔가 무너져 내리는 기분이었다.

와…
죽다 살았네.
대롱—
대롱—
바비 마을이 무너질 때
유일한 생존자 판사 세포.

정의의 거울아,
바비 마을이 무너진 건
누구 탓이냐?
누가 이랬냐?
정의의 심판을
받게 해주겠어!

몰라서 물어?
너 때문이잖아!
너!!

지금도 늦지 않았어!
어떻게든 상황을
수습하란 말이야!

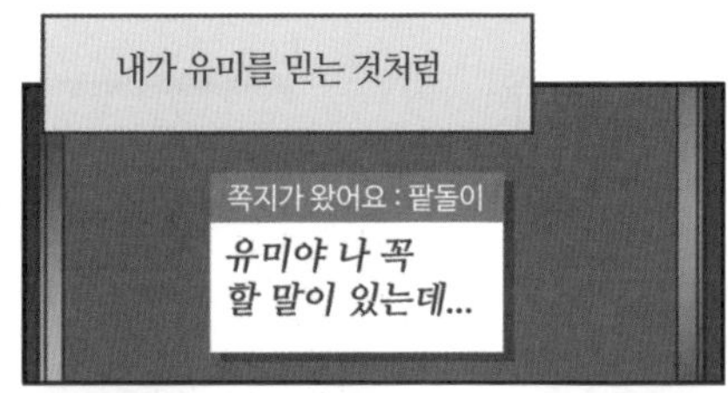
내가 유미를 믿는 것처럼
쪽지가 왔어요 : 팥돌이
유미야 나 꼭
할 말이 있는데...

무한대의
믿음
강력한 믿음을
보낸다
유미도 나를 믿어줬으면 어땠을까?

헤어지자는 말을
yumiiii**** 기엽땅
#나도 #강아지 #귀엽
넌 참 쉽게 하더라?

헤어지
아마 다시는 볼 일
없을 거야.

혹시라도 유미를 마주치게 된다면
모르는 사람처럼 그냥 지나칠 거야.

김유미를
투명 인간 형에 처한다.
땅땅땅!
…마을이
쑥대밭인데 재판이
다 무슨 소용이냐.

헤어지고 3일이 지났다.
남은 반지 하나를 볼 때마다 유미가 반지를 받고 기뻐했던 장면이 자꾸 떠오른다.

나에게는 준비해 둔 많은 계획들이 있었는데
어떤 멍청한 놈 하나가 다 망쳐버렸다.

그 멍청한 놈이 바로 너다, 이놈아!
-이성 세포-
…알아

얼마 전 구조된 이성 세포는 유미에게 미안해했다.
혹시라도 유미를 마주치면 미안해하지는 못 할망정!
뭐? 투명 인간??

헤어지고 일주일 후
나는 유미의 웹소설을
다시 찾아 볼 만큼 안정을 찾았다.
!!!

오… 엄청 재밌어졌네?!
이야기 흐름 너무 좋다
김유미!

그래서
혹시라도 유미를
마주치게 되면
엉금~
엉금~
-개오바 세포-
소설 재밌게
잘 보고 있다고
말해주자!

너 아직도
정신 못 차렸냐?
왜?
연애 감정이랑은
상관없는 말이잖아.

꼭 미련이
남은 것처럼
들리잖아!

…그렇게
들리려나?

사랑 세포도 돌아왔다.
유미를 마주치면
무슨 말을 해야 할지
고민하지 말고
사랑 세포다!
슬금~
슬금~
-사랑 세포-
마주치지 않을
방법을 생각하라고!

그래…
마주치지 않는 게
가장 좋은 거네.
마주쳐 봐야
서로 불편하기만
할 테니까.

유미와 어디서 데이트를 했는지
기억하고 있는 사랑 세포는
!!!
Y
Y
유미 출몰 구역이라는 걸
만들었고

COFFEE
그 뒤로 유미 출몰 구역은
가지 않았다.

유미와 헤어지고 벌써 4주나 지났다.
잃어버린 세포를 되찾는 데
러닝만큼 좋은 게 없다.

러닝 덕분에
프라임 세포인 명탐정 세포도
찾아냈거든.
프라임 세포라 확실히 다르긴 하더라.

명탐정 세포는
"우연히 유미를 마주치게 되면
무슨 말을 하고 싶어?"라는 질문에
이렇게 답했거든.

우연히 유미를
마주치게 되는 상황을
고민한다는 데에
이미 답이
나와 있지 않아?

순간 깨달았다.
유미를 마주치게 되면
무슨 말이 하고 싶은지.

유미야!

왜?

너무
보고 싶었어.

415

여지는 남기지 않습니다

그냥…
쿵!!
유미야.
!!!!
나를 불렀을 뿐인데

이름만 불렀을 뿐인데
흔들리기 시작했다.
쿠구구궁!!

설마 바비와의
추억들과 아직 풀리지
않은 반지의 미스터리가
-이성 세포-
화학작용을
일으키며 발생하는
지진인가?!!

아니. 바비가 너무
잘생겨서 흔들려.
-감성 세포-
……

아니야!!!
우리가 이렇게
단순할 리 없어!!!!
방!
방!
두근!
순간 두근거린 거
인정.

근데 이건 네가
갑자기 불러서
그런 거야.
설렘이 아니라 놀란 것일 뿐.

너무
보고
싶었어.
쿵!!!!!!!!!

으아아악!!
마을이 엄청나게
흔들린다!!!!
-감성 세포-
쿠구궁!!
서 있을 수가
없어!!!!

내가 졌다 바비야!!
으아아아!!! 결국 이렇게 넘어가 버리는구나!
…너 뭐 하냐?
뭐야! 넌 왜 멀쩡해?!
난 이성 세포잖아. 중심을 꽤 잘 잡는 편이야.
-이성 세포-
!!!
자! 자~ 끝난 사랑한테는 잔인하게 갑니다~
…바비야.
유미가 니 꺼야?! 왜 니 맘대로 하는데?!
퍽!!!
-감성 세포-

바비야 듣고 있니?
실은 그 말 해줘서 너무 기뻐!!
실은 꿈에서도 가끔
네가 나와!!!
-감성 세포-

소리 왜
안 나오는데?!
오늘 밤에
이불킥 하고 싶냐?
코드 다시 꼽아!!

어이~ 상처 기록 세포야!
감성이가 바비랑
왜 헤어졌는지 벌써
잊었나 보다.
후훗!

상처 기록 일자야.
바비랑 헤어질 때
받은 상처를 기록해 놨어.

다시
기억나게
해드려라.
스윽
-상처 기록 세포-

아 맞다…
이때 그랬었지.

야, 이 나쁜 자식아!!!!!
이랬다~
저랬다
-감성 세포-
찌릿!!

갑자기
그런 말 하니까
당황스럽다.

그런 이야기 별로
하고 싶지 않아.
난 바빠서
먼저 갈게.

잠깐만
시간 내주면
?!!
…안 될까?

뭐야? 발 뭐 하냐?
가던 길 가야지,
왜 멈춰 있어?
-이성 세포-

-발-
흥미진진하네.
와작!
와작!
조용히 좀 먹어.
소리 안 들리잖아.

할 말
있다잖아.
사람이 저렇게까지
하는데 너무
매정하게 하지 마!

엉!
엉!
바비랑 좋았던
순간들 떠올리면
이럴 순 없는 거야.
키힝!!!
안 좋은 기억
다시 보여줄게 그럼.
…되게 귀찮네.

응?!
내 상처 기록 일지
어디 갔어??
뒤적-
뒤적-
분명 여기에
다시 넣었는데?
아… 헤어질 때 감정도
그새 잊어버린 거야?

너… 왜 자꾸 전 남친들과
엮이는 줄 알아?

삐! 정답!
유미가 사귈 때
잘해줬으니까.

땡! 애매하게
여지를 남기기 때문에.
-이성 세포-
지금도 이렇게
우물쭈물하는
모습 보이잖아.

바비는 지금
이렇게 생각할걸?

크르르릉
유미도 아직
나를 좋아하는구나.

캬옹아
가서 말해줘.
뿡이라고.
-캬옹이-

416

캬옹이 VS 바비

잠깐만 시간
내주면 안 될까? = 할 말 있어

할 말 = 다시 만나자
아니!
그럴 수 없어.

바비에게는 미안하지만
마무리는 캬옹이가 한다.
다다다다!!!

캬옹이는 인간관계
자체를 끊어버릴 정도로 독하게
말하도록 훈련받은 어쌔신.
쏴아아-
캬르릉!!!

카옹아
강아지의 눈을 가진 자를
만난다면 조심해야 한다.
망울망울
강아지 눈과
마주치는 순간
마음이
약해지거든.
?!!!
약해지면
안 돼!!!
멈칫!!!!
약해지지 마.
망울~ 망울~

내… 내가 왜?
나는 너 보고 싶었던 적
없었거든?
팡팡!

캬옹이 저 자식
뭐 하는 거야?!!
스크래치 내라고 했더니
-이성 세포-
저 솜 주먹 펀치는
뭔데?!

역시
고양이는 믿는 게 아니야!!!
개를 보냈어야 했어!!!
걔는 술을 먹어야
소환 가능한데?
아아아!!!!!

너라면 더 잔인하게도
할 수 있었을 텐데?
캬옹…
왜 전력을
다하지 않는 거냐?

솜털 주먹 속에 〈데스 클로〉를
꺼내지도 않았어.
유미는
바비가 다치는 걸
원치 않아!
내 말 맞으면 야옹,
아니면 멍멍!!
-명탐정 세포-
모든 행동에는
의미가 담겨 있다.
……
내 바람과는
다르게
유미는 나의 대화를 나누는
이 순간조차 싫을 수도 있다.
그런 생각이 들면 겁이 나고
소심해질 수밖에 없다.
하지만…

아주 작은 여지 하나만이라도
내게 던져준다면
나는 과감해질 수도 있다.

내가 왜…?
나는 너 보고 싶었던 적
없었거든?
거짓말.

거짓말.

유바비는 어떻게
이쪽 상황을
꿰뚫고 있지?!
휘이잉!!!!
역시 이성 세포!
끝까지 유미의 올바른
판단을 위해 버티는 중이다.

유미가 언제 이렇게
자기 일에 몰두해 본 적이
있었던가!

유미만을 위한
삶이 완성되고
있단 말이야!!!
절대 포기 못 해!
휘이잉!!!!
누… 누가 좀
도와줘!

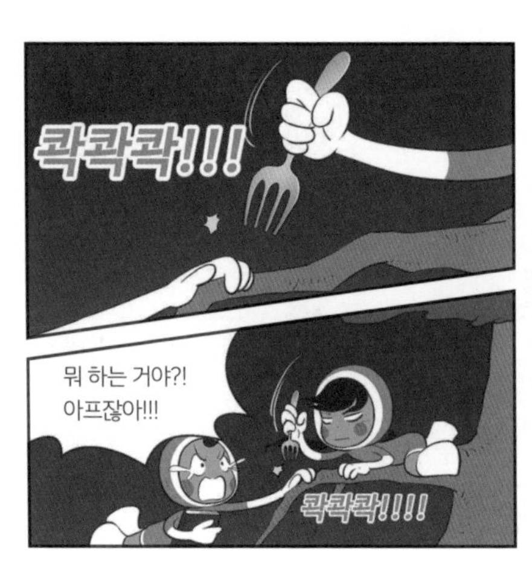
콱콱콱!!!
뭐 하는 거야?!
아프잖아!!!
콱콱콱!!!!

나는 그냥
바비 다시
만나고 싶어.
-감성 세포-
-이성 세포-
너만 꺼져주면
될 것 같아.

뻥!!!
어림없지!!!
이성적인 회전 킥!!

먕!!!!
?!!
카옹아!

고마워.
아까 너 욕해서 미안해.
실은 나 고양이파야.

뻥!!!
〈데스 클로〉
캬옹이의 히든 웨폰.
맞으면 욕 나올 만큼 아프다.

아악!!!! 야 이 개XX야!
이게 무슨 짓이야!!!!!
촤―악!!

역시 고양이를 믿는 게
아니었어!!!!
-이성 세포-

바비가 거짓말이라고
말한 순간
멍-
난 더 이상 이성적인
판단을 할 수 없게 됐다.

417

뭐가 하나 빠진 기분인데?

캬옹이한테 한 대 맞은
이성 세포가 4차원으로
빨려 들어가고 있다!!!!
앗!
이성 세포가
4차원으로?!!

…가든 말든 내 알 바 아니고
방해꾼 없을 때 빨리 바비랑
다시 만나도록 하자. 야호!
-감성 세포-

얘들아!
바비가 저렇게까지 말하는데
안 받아줄 이유 없잖아.
이유가 있다면 날 설득해 봐!

닥쳐라!
여기 상처 기록 일지를
보면 생각이 달라질걸?!
번쩍!!
-상처 기록 세포-

정말 아무도
반대하지 않는 거면
재결합한다?응?
다들
한마음이구나?

지금부터 바비와
재결합을 시작한다!!!
-감성 세포-

나는 바비를 다시 만나기로
마음먹었다.

복잡하게 생각하지 말고
마음이 이끄는 대로 행동하자.

실은…
실은 나도 너 보고 싶었어

!
잠시 후 눈물 탱크를 개방합니다
힘껏 울어주세요
뭔데?!! 갑자기 눈물이 왜 나는데?!!

뚝 그쳐!!!
-눈-
콱!
-눈물 탱크-
눈물 탱크에 물 없는 거 다 알아. 없는 눈물 짜내지 마!

내가 말을 안 해서 그렇지 눈물 엄청 많이 모여 있어!!!!! 외로움! 억울함! 분노 등등!!!
타이밍을 못 잡아서 잔뜩 쌓아만 뒀다고!

?!!
감성이 말이 맞아. 지금 울면 안 돼.
저건 개소리 하기 전 포즈라서 어째 불길한데?

산타 할아버지는 우는 애들에겐 선물을… 컥!!!!
그거 할 줄 알았다!!!!
퍽!!!

울면 못생겨진단 말이야!!!
뚝!
꿈틀—
꿈틀—

한편 4차원 공간을 떠돌던 이성 세포에게 낯익은 목소리가 들려왔다.
?!
이성 세포야!!!!

사랑 세포야!!!!
너 살아 있었구나!!!
응. 나 죽은 게 아니라
여기로 추방당했어.
-사랑 세포-

다행이다.
그럼 연애하게 되면
다시 마을로 돌아올 수
있겠네?
아마도?

너한테
희망적인 소식 하나
알려주자면
밖에서는 지금
유미랑 바비 다시
만나려고 쿵짝거리고
있어.

바비랑…
다시 만난다고?
왜?
너도 별로
탐탁지 않구나?

Chapter. 9
헤어졌다가 다시 만나는 연애
난이도

이건 유미가 한 번도 경험해 보지 못한 영역이라서…

수많은 연애 종류 중에서 극악의 난이도에 속하는 연애로서
기대와는 다른 상황이 종종 펼쳐져 당혹스럽게 한다던데…

헤어졌다가 다시 만나는 게 어려운 일인가?
다시 만나는 건 아주 쉬운데…

예전처럼 돌아가는 게 굉장히 어려운 일이래.
헤헤. 난 이만 돌아갈게.
ㅠㅠ

귀환!!!!
쓩ー
야! 지금
어디까지 진행됐어?!

화해하고
앞으로 다시 잘해보자는
말까지만 한 상태야.
그럼 이미
상황 다
끝났잖아!!!!

순간 마음이 흔들려서
바비를 다시 만나기로 했다.

그런데 내가 마법에 걸린 것일까?

아니면 마법이 풀린 것일까?
어느 쪽인지는 모르겠지만

다시 만나기로 한 순간부터
바비에게서 예전 같은 설렘이
느껴지지 않는다.
오랜만이라
어색한 탓이겠지?

418

연애 소식

유미는 지금
늑대들에게 쫓기고 있다!!
사람 살려!!
왜 빨리
안 뛰어지는데!!!

…아니. 쫓기는 꿈을 꾸고 있었다.
오늘 꿈
긴장감 죽이네.

어떡해.
우리 유미!
빨리 뛰어!!
유미야!!!

그런데 꿈을 꾸다 보면
꼭 이렇게 스포하는 녀석이 있다.
유미야, 이거 다 꿈이야!
두려워하지 마!!!
벌떡!!!
아 진짜!!
말하지 마! 쫌!

?!!

스르르

야, 유미 깼다!!
모두 각자 위치로!!!
-이성 세포-

마음의 평화 사절단은
꿈에 몰입하고 있다가
갑자기 깬 유미가
불러왔어!
정신 차리고
빨리 일해!!
현실에 적응하도록 도와주는
역할을 합니다.

당신의 이름은 김유미.
방금은 꿈이었고요.
지금은 현실입니다.
안심하세요!
긁적—
긁적—
아… 꿈이었구나.
다행이다.

특이 사항으로는
어제 볶음면 끓여 먹고
설거지 안 하고
잠들었고요.
?!!!
남자친구랑
다시 만나기로
했답니다.

바비랑 다시?
그거 꿈 아니었던가?

잘 잤어? 나는 방금 출근했어
오픈 준비 끝나면 전화할게

…맞다. 어제부터
바비랑 다시
만나기로 했었지.

이상할 정도로 차분한 기분은 뭔데?
아직 잘 실감을 못 하는 건가?
타닥-
타닥-
나 방금 일어났어
일찍 출근했네? :)

눈을 감고 집중해 봐!
아직 잠이 덜 깨서 내 마음의 변화를
감지하지 못하고 있는 걸 테니까!

그 순간 어떤 세포 하나가
마을로 다가오는 것이 느껴졌다!
맙소사!!!
사랑 세포인가 봐!!
사랑 세포가
부활했다!!!!

…아니었다. 패션 테러리스트였다.
사랑 세포인 줄
알았는데 꽝이었네.
터덜
어디 갔다 와?
터덜
감옥…

어제 유미를 추리닝 입혀서
내보냈다고 끌려가서 아침까지
반성문 쓰다 왔어.
그러게 일 좀
제대로 하지 그랬어.

오늘은 나갈 때
신경 써서
입혀 좀!
어제 쪽팔려
죽는 줄 알았네

야!
우리 셀카 하나
찍자!
왜??
오늘 옷
마음에 들어?

그게 아니라
바비 다시 만나는 사실을
SNS에 올려야지! 어때?
이거
그림 나오겠는데!
제발
그런 짓 좀
하지 마!!!!!

그럼 카톡 상태 메시지를
"♡"로 바꾸는 건 어때?
그럴 기분
아니라고!!!!
아 깜짝아...
-이성 세포-

아 왜!! 왜 아무것도
못 하게 하는데?!
바비 만나는 게 부끄러워?!
-감성 세포-
아직 확신이 안 서?
후회해? 그런 거야?!

그게 아니라
주변에 굳이 이런 것까지
알릴 필요 없잖아.
잠깐만!
지금 그런 일로
싸울 때가 아니야!

저길 봐!!
구웅이 다시
출몰했어!!!
헐…

…너 왜 자꾸 찾아와?

웅이는 특이하게도
망원경으로 보면
걔네 마을이
훤히 보인다?

다시 만나자
유미야!

힐끔!
앗!! 눈 마주쳤다!

바비와 다시 만난다는 소식을 주변에 굳이 알릴 필요는 없지만
웅아 안녕? 자주 본다?

웅이에게는 알려줘야 할 것 같았다.
그래야 웅이도 시간 낭비 안 할 테니까.

지금 바빠?
!!!

당황스럽다.
지금 바빠?
내가 준비한 대사를
유미가 먼저 하니까
당황스러울 수밖에.

내 대사를
왜 네가…??
…너 설마?!!!

아직 모르겠어?!
유미가 드디어
마음의 문을 열기
시작한 거잖아!
나란 녀석은
정말 바보!

419

새빨간 거짓말

유미가 드디어 마음을 열기 시작했다.
켁!
츄팟!!

실은 유미 너 보려고 7시부터 차 대놓고 기다렸다.
챠!!!

옛날의 구웅이라면 이 타이밍에 덜컥 속내를 드러내겠지.
워워. 나는 옛날 구웅이 아니라고.

유미야 나도 이제 연애 고수다?
쉽게 속마음을 드러내는 그런 남자 아니다?

시간 괜찮으면
잠깐 커피 한잔할래?
됐다 됐어!
다시 유미랑
이렇게 만나게
되는구나!
나 눈물
날 거 같다

커피? 지금?
하… 시간이 조금
애매하긴 한데…

바쁘면 다음에
그렇게는 안 바빠.
요 앞에 스타벅스 있어.
아까 보니까
자리도 많더라.

일하는 중이라서
길게는 어렵고
잠깐 4~5시간 정도는
괜찮아.
알았어 ㅎㅎ
그럼 가자.

급한 마음에
순간 속내를
들킬 뻔했다. 휴…
위험했어

혹시 나 만나려고
기다리고 있었던 건
아니지?
?!!!

봐라 이 자식아!
걸렸잖아!!!!
-이성 세포-

증거 있어?!
웅이가 기다렸다는
증거 있냐고?!
아! 증거를
가져오라고!
뻥!!!!
-양심-

아니라고
펄쩍 뛰면 그만이다!!
거짓말은 펄쩍 뛰면서 하면
100% 걸려.
-거짓말 세포-

감쪽같이
속마음을 숨기고 싶어?
그럼 어이없다는 듯
한 번 웃기만 해도 충분해.

혹시 나 만나려고
기다리고 있었던 건 아니지?
풋! 나도
바쁜 사람이거든?

빨리 가자.
나도 길게 시간을
낼 수가 없거든.
그래.

글 쓰는 일은 어때?
재밌어.
회사 다닐 때보다
내 시간도 많아진 편이고.
아 그렇구나~

작가들은 주로
밤에 글 쓰지?
아니. 나는 주로
오후에 작업하고
저녁에는 되도록
쉬는 편이야.

걸려들었어! 김유미!
저녁에 시간 빈단다!!
약속을 잡아주마!!!
하하하 꼼짝마라!
-약속 사냥꾼-

그럼 오늘 저녁에
한가하겠네?

오늘 저녁에는
남자친구
잠깐 보기로 했거든.
?!!!

너 남자친구
없잖아.
있는데?
아닌데? 없는데?

쿠-웅!!
전에 만났던
사람이랑
다시 만나기로 했어.

진짜로?
응.
장난하지 말고.
진짜 진짜로.

세상에 널리고 널린 게
남자잖아!!!
꾸엑!!
-사랑 세포-
뭐 하러 한 번
사귀다 깨진 놈이랑
또 만나?!

장담하는데 한 달도 못 가서
헤어졌던 똑같은 이유로
또 싸우고 헤어질걸?!!
정신 차려.
웅이도 전 남친이야.

전 남친 패러독스에 빠졌다.
전 남친 유바비를
헐뜯으면 전 남친인 나도
스크래치가 난다!!
부들
부들…

스크래치 나도
상관없어!!!
나랑 안 될 거면
공평하게
그 자식도 안 돼!

추접스런 짓 그만하고
그냥 축하한다고
말하고 끝내.
-이성 세포-
-사랑 세포-
미쳤냐?
그딴 말은
죽어도 못 해.

하지만 최소한
친구 타이틀은
얻어낼 수 있잖아!
저것들이
천년만년
갈 것 같아?
아니야!!!

잘됐네. 축하해.

구관이 명관이요.
비 온 다음에 땅이 굳어지는 법!
사랑싸움은
칼로 물 베기!

420

친구 타이틀

잘됐네. 축하해.
!!

고마워.
그렇게 말해줘서.

나는 속마음을 숨기는 대신
〈친구 타이틀〉이라도 받기로 했다.
이렇게 보는 것도
난 괜찮아.

봐! 유미야.
웅이는 쿨하고 안전하다?
그러니까 이렇게 종종 보고
커피 마셔도 괜찮겠지?
-이성 세포-

사귈 거 아니면
난 싫어.
남친
친구
친구
욕심 부리지 마!!
친구 타이틀이라도
지켜야 할 거 아냐!!!

나도 아직
포기한 거 아니야.
남친
친구
친구
그래. 훗날을
기약하자.
친구

자!
그럼 이제 친구 타이틀
수여식이 있겠습니다.
나 불편하지는 않지?
?!

불편할 게 뭐 있겠어.
안 불편해.
그럼 종종 이렇게 보자.
나도 너랑
수다 떠니까 좋다.

미안. 남자친구가
불편해할 수도 있을 거야.

뭔 소리 하는 거야!
마음에도 없는 쿨한 척했잖아!
줘!! 친구 타이틀!!!!
쿠워어어!!!!!
그래서 구웅을
안 보시겠다?

줘!!! 줄 건 줘야지!!!
친구 타이틀 줘!!!!
빨리 설득이라도 해봐!!!!
-사랑 세포-

촌스러.
알잖아. 나 좀
구식이야.
진짜
이럴 거야?
너?

다른 사람은 만나잖아!!!!
커… 컨트롤 제트도 남자인데
맨날 보잖아!!!!
꽥!

…왜 걔는 되고
나는 안 되냐? 하하하.
저는 된대요 형
제트 작가는
업무 관계잖아.

누가 금메달 달래?!
그냥 친구 타이틀로
만족하겠다잖아!!!

방법을 찾아내!!!
다시 만날 수 있는 방법을
찾아내라고!!!
광!
광!
남친
친구
친구
그럼 유미한테 돈을 좀
꿀까? 그럼 연락 올 텐데.

구질구질해져도
좋다면
콰지지직-
내가 한 번 더
만나게 해줄 방법은
있어.

유미야 예전에 우리
개구리 축제 갔던 거
기억나?

그때 스쿠터 당첨돼서
받았었잖아.
응, 기억나지.

같이 당첨된 거잖아.
너 그동안
많이 탔으니까
이제 나 탈래.

……
그래, 그럴게.
회사로 갖다줄게.

기껏 쌓아둔 쿨 가이 구웅을 버리고
구질구질 구웅이 되는 쪽을 택했다.
유미를 한 번 더
만나기 위해서.

스쿠터 열쇠…
옷장 서랍에 있을 테고.
오래 안 탔는데
시동 안 걸리는 거
아냐?

…오토바이는
질색이라고 할 때는
언제고.
암튼 변덕은
여전하네.
STORE

유미야.
엄마 깜짝이야!

일찍 왔네?
많이 기다렸어?
아냐. 나도
방금 도착했어.

…왜?
아냐 아무것도.
가자 유미야.

1. 사랑에 빠진 사람은
눈이 반짝반짝해진다.
2. 나를 바라보는 유미의 눈빛은
반짝반짝하지 않다.

3. 고로…
아직 갈 길이 멀다.

421

무슨 생각을 그렇게 해?

아까부터 유미는
무슨 생각에 잠겨 있는지
잘 웃지도 않고
표정도 어둡다.

나 때문인가?
아니면 다른 걱정이 있나?
…물어볼까?

무슨 생각해?
당연히
"아무것도 아니야"라고
대답하겠지!!!
그런 거
묻지 마!!!

상대방의 생각을
읽을 수는 없지만
멈추게 할 수는 있지.
우리가
할 수 있는 걸
하자고

생각에 잠긴 유미를 깨우기 위해
나는 〈손잡기〉를 선택했다.

하지만 지금
유미의 손에는
가방이… 있다.

가방 좀 반대쪽 손으로
옮겨달라고 말하거나
내가 유미 반대쪽으로
이동하는 방법이 있지만
도리~
도리~
둘 다 내 방식은
아니다.

유미야.
날씨도 좋은데
공원 쪽으로 걸을까?
…그럴까?

이동 방향을 바꾸면
가방을 든 손은
반대쪽으로 가고

나는 이때를 놓치지 않고
유미의 손을 잡는다.

바비의 행동은
늘 예측이 어렵다.
?!!

바비가 갑자기 손을 잡아서
무슨 생각을 하다가
잊어버렸고

순간 심쿵했고

순간 예전 기분이
들었다.

그동안
많이 기다렸지?
걱정 마 얘들아!
내가 돌아왔어.
지금부터
내가 알아서
할게
-응큼 세포-
두근!
두근!

하지만 슬프게도 설레는 기분은
그렇게 오래가지 않았다.

멈춰라,
응큼 세포!!!!
콱!!!

병원에서
나왔습니다!
응큼 세포는
아직 퇴원하기엔
일러요!
이 환자는
절대 안정을 취해야 합니다!
환자한테
독침 쏘는 건—
괜찮냐?

오늘… 즐거웠어.
조심히 가.

집 앞까지 같이 가자.
혼자 가면 심심하잖아.

바비가 뭔가 나에게
신호를 보내고 있다.
환자가
또 탈출했다!
쾅!!!
집 앞…

하지만
신속한 처리!
퓹!
아냐, 괜찮아.
시간도 늦었는데
그냥 갈게.

그럼 내일 2시쯤
시간 어때?
가게로 놀러 올래?
그때는
손님 없으니까
맛있는 거 해줄게.

	20	21
	02:00 스쿠터 → 구웅	
	27	28

2시에는
잠깐 일이 있어서
어려울 것 같고
저녁은 어때?
내일도
업무 미팅 있어?

음… 웅이 알지?
웅이한테 스쿠터를 좀
돌려주러 가야 해서.
?!!

구웅, 스쿠터, 돌려준다…

옛날에 둘이 스쿠터에 꼭
붙어서 룰루랄라
놀러 다녔구만?!!!
콰광!!
-질투의 화신-
지… 질투의
화신이다!

네가 나오면
상황이 복잡해지니까
일단 진정해 봐.
구웅이랑 유미가
헤어진 게 언젠데
이런 일로 네가 나오면

바비가
우스워진단 말이야!
나오지 마!!!!

둘이… 아직도 연락
하고 있었나 보네?
-질투의 화신-

넌 신경 안 쓰여?

바비야.
응?

무슨 생각을
그렇게 해?
아냐,
아무것도.

422

삼자대면 1

탈 줄은 알아?
나 공대 출신이야.

오래 안 탔다며?
배터리는 어때?
플러그 교체는 했어?
그런 건 잘 모르겠고
방금 타고 올 땐 멀쩡했어.

…남자친구는
잘 있고?

남자친구?
…응, 잘 있지.

마지막이라고 생각하면
못 할 말은 세상에 없다.
쿨한 거 나랑 안 맞더라.
그냥 내 방식대로 할게,
유미야.

<최후의 한마디 프로토콜>을 시작한다.
넹!!!!

웅이의 본심을 개방한다.

행복해라. 나도 행복할 거야.

언제든 돌아와.
나 기다리고
있을게.
?!!!!

……
왜 안 가?
꿈틀—
꿈틀—

너 스쿠터
처음 타지?
옆에 버튼
눌러
나 정비병 출신이야.
오랜만이라 헷갈려서 그래.

이제 됐네.
구우웅!!!

근데 방금
한 말 뭐야?
뭘 기다려?

예끼! 이 사람아.
웃자고 한 말이지.
그럼 나 간다?

하지만
기다린다는 말은
진심이었다!
구우웅!!!!!

쾅!
웅아!!!!

괜찮아?!!!!
뭐야 탈 줄도 모르면서!
안 다쳤어?
아고고고...

웅이 다쳤다며?
-엄살 세포-
아이고
궁웅 죽네

자가 진단 결과
팔이 부러진 것으로
진단 내렸어.
우리끼리는...
-이성 세포-
골절???
이거 데굴데굴
굴러야겠군!!!

엄살은 나의 아픔을 외부에 알리는
행동입니다. 생존을 위한
기술이니 부끄러워 맙시다 다들.
데굴~
데굴~
아고고고
궁웅 죽네!!!!

어디 봐!
괜찮아?!!
팔 다친 거야??

데굴데굴 구르면
유미가 많이
미안해할 텐데…

……
응, 괜찮아.

병원 가봐야
하지 않을까?
넘어질 때 소리
크게 났어.
넘어진 거 아니야.
나 유도부 출신이야.

그래도
부러진 건 아니래서
다행이네.
진짜 놀랐어
아까.
……

…쪽팔려.
팔 아픈 것보다
아까 내 속내를
털어놓은 것만
신경 쓰여!
이게 무슨
망신이야…

유우우웅!!!
?!!
나 잠깐만.
응.

아 여기? 병원이야.
내가 다친 건 아니고
조금 일이 생겼어.

아냐.
다행히 크게 다친 건
아닌데.
혼자 두고 가기 좀
그래서 조금 더
있어야 할 것 같아.

가봐.
?!

병원
같이 와줘서 고마웠어.
넌 그만 가봐.
엄살이 뭔지 알아?
나의 아픔을 외부에 알리는 행동이야.
생존을 위한 기술이지.

나 괜찮… 쓰읍…
괜찮으니까 어서 가보래도!
SUPER
RIDER

의사가 깁스까지
할 필요는 없을 것 같다고
했었는데…
아고고고…

타닥-
타닥-
유미야 근데 어느 병원이야?

423

삼자대면 2

나 약속도 있고 해서 가볼게.
몸조리 잘하고 그리고…

이제
그만 찾아와,
웅아.
!!!!!!

씨잉 너무해!!!
너무해!!!!!
김유미!!!!
꿈틀
꿈틀

유미 너는
잘 모르겠지만
?!!

나 실은 일할 땐
카리스마 넘쳐.
몰랐지?

그리고
나는 늘 부자였다?
몰랐지?
SUPER RIDER
그런데 딱 한 번
찌글찌글한 구간이
있었는데…

그때가 너랑 사귀고
있었을 때야!!!!
-이성 세포-
-사랑 세포-
야 이 미친놈아!
지금 그 이야기를
왜 하는 거야?!!!

왜긴?!! 걔는
찌글찌글한 모습만
기억하고 있단 말이야!
그래서 웅이에겐
기회를 안 주는 거야!

웅이는 네가 모르는
의외의 매력을 많이 숨기고 있어!!!
왜 이런 것만
기억해!!!
그걸 유미한테
말해야지! 멍청아!!!

…하고 싶은 말이
뭐야?

너는
나를 잘 몰라.
그건 확실해.

지금 나를 봐.
이게 진짜 구웅이야.
?!!
워낙 진지하게 말해서
경청하려고 했지만

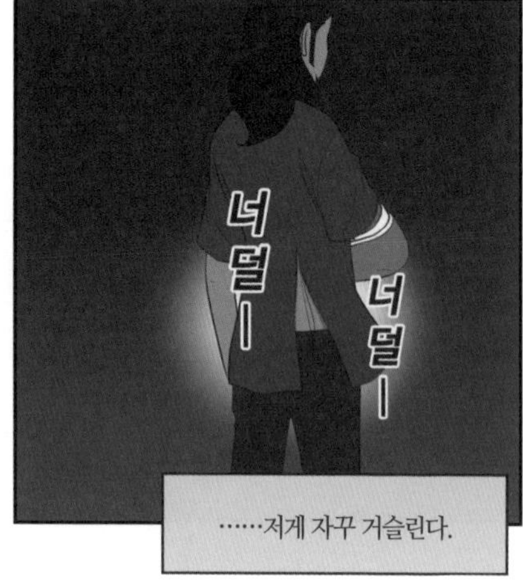
너덜—
너덜—
……저게 자꾸 거슬린다.

아무래도 아까 넘어질 때
찢어진 모양인데
어쩜 이렇게 얘는
한결같을 수 있지??

난 웅이만 보면
짠한 기분이 든다?
너덜-
너덜-
웅이는
옆에 1분만 같이 있어도
챙겨주고 싶게 만들지.

저 꼴로 집에 갈
웅이를 떠올리면
…슬프네.
-착한 마음-
-감성 세포-

유미야
추억 돋는다.
그치?
응?
옷이 말한 거야
지금?

기억나? 예전에
유미 너도 이 병원에
입원한 적 있었잖아.
그때 생각난다 하하.
웅이가 갈아입을 옷
사다 줬었는데.

아! 그렇다고
갈아입을 옷 사다 달란 말
아니야~
-웅이의 찢어진 옷-

…옷 사 오라는데?
쟤 은근
부담 주네?

아냐! 사 오지 마!
살짝 찢어진 거라
집에 가서 꿰매면 돼.
이거 또
옷 꿰매달라는 말로
들리려나??
하하하!
이거 괜히 오해
하겠는걸?

그것만큼은
걱정하지 마!
실도 없고!
바늘도 없고!

나 할 줄도 몰라!
-집안일 세포-

…정말 다행이다.
혹시나 내가 부담을
줬을까 싶어서…
줬잖아 인마!!!

너덜~
너덜~
에이 신경 쓰지 마~ 가을바람도 잘 통하고 좋구만 뭘.

나 잠깐 나갔다 올게.
그냥 가지. 나 괜찮은데… 어디 가는데?
뭐 좀 사러.
SUPER RIDER

구우우웅!!!
?!!
구우우웅!!!

구우우우웅!!!!!!!
바비
뭐 사러 간다더니
지갑도 놓고 휴대전화도 놓고…

구우우웅!!!!
바비
유바비……!

고객님이 전화를
받을 수 없어…
줄리종합병원
……

유미 너는 잘 모르겠지만
나 의외로…

눈치도 없고
오바도 많이 하고

구웅 이 자식
어딨어?
-질투의 화신-
질투도 많아.

삼자대면 3

오랜만이네요.
그러게요.
이렇게 또
뵙게 되네요.

그런데 여긴 어떻게… 아!
유미 연락받고 걱정돼서
오셨겠구나.

네 아까 유미한테
연락 듣고…

-질투의 화신-
말에
가시를 넣어서
보냈어…

앗 따거!!!

유미 연락받고
걱정돼서 오셨겠구나.
=유미가 나랑 있다니까
불안해서 뽀로로 달려왔냐?

듣기로는 많이 다치신 줄
알았는데 괜찮으신 것 같아서
다행입니다.
감사합니다
살짝 넘어진 거라
안 아ㅍ……?!!!!

살살 긁는다
이거지?!!!
캬오!!

그럼 우리도
받아쳐.

엄살 ㄴㄴ
뭐야…
완전 멀쩡하구만?
!!!

전쟁이다!!!
다들 연장 챙겨!!!!

근데… 오늘 별로
안 바쁘신가 봐요?

그렇게 나오신다?
아… 마침 손님도 없어서
한가하기도 하고

=넌 할 일 없냐?
퍼엉!!!!!

유미랑
저녁 약속이 있어서
왔어요.
=내가 너 보러
온 줄 알아?

어?! 바비야.
!!
!!

가게는 어떻게
하고 왔어??

가게가
가게에 손님이
하나도 없어서
한가해서 오셨대.
……

우리는 이만 가자.
웅이 씨 이제 하나도
안 아프시대.

하나도 안 아프다고
한 적 없습니다.

……그냥
안 아프다고 했지.
둘은 완전 다른 말!

어쨌든 안 아프시다니
다행이네요. 그럼 이만.

유미야! 여기 네 휴대전화랑 지갑!
너 살 거 있다고 나갈 때 두고 나갔어!
내가 잘 보관하고 있었어!
아 맞다. 네 옷… 등짝 다 보이게 찢어졌어.
갈아입을 옷이라도 좀 사다 줄까 했지.
그럼 이거 입고 가세요.
내가 왜요?
오지랖이 좀 넓으시네.
그럼 그냥 가시면 되겠네요.
그건 제가 알아서 할 일이고.

알아. 네가
좋은 사람이라는 거.
SUPER
RIDER

유미야 그만해!
?!!!!

미안.

하지만 지금은
입장을 분명히
해야 할 때라서…

그만해…
웅아.

425

삼자대면 4

지갑을 가지러 다시
병원에 돌아왔을 때
언제 왔는지 바비가
웅이와 심각한 분위기를
뿜뿜 하고 있었다.

진정해!!! 얘들아!!!
이럴 때 우리까지
당황하면 안 된다!!!
으아아!!!!
싸움나겠어!!!
-이성 세포-
재들
왜 저러고 있어?

유미의 우선순위
1위 유 미
2위 글 쓰는 일
3위 바비
4위 엄마
진정하고 우선순위에
따라서 행동하면 돼.
간단해!
상위 순위에 있는 것을
보호하는 것이 원칙이야.

예전 같은 순위는
아니지만

2위 글쓰는 일
3위 바비
바비는
우선순위 3위야!

그러니까
순위권에도 없는
웅이는…

웅이 순위권에
있는데?
?!!

헉! 웅이가 언제 이렇게
차트 역주행을 한 거지?!
18위
19위 전세금
20위 구 웅

웅이를 보면
짠~한 기분이야.
저것들이
순위 다 올렸나 보네

이런 상황…

쩝… 알고 보면 좋은 사람인데

참 곤란하네.

그걸 바비에게 설명해 줄
상황은 아닌 것 같다.

게다가 나는 우선순위를
중요하게 생각하거든.
웅아 그만해.

어?! 근데 우리
비슷한 상황 겪지 않았어?

그때 네가 나를 막아섰을 때…
진짜 어이없었는데.

…그런데 있잖아.
비슷한 입장이 돼보니까

그때 나한테 못 했던 말이
이거 아니었을까 싶다.

얘도 알고 보면
좋은 사람이야.
SUPER
RIDER

그때 웅이의 곤란한 심정을
이해할 것도 같았다.

그렇습니다!
다른 사람의 마음을
이해할 수 있는 유일한 제품!
<네 마음VR>이 드디어
출시되었습니다!
유미와 같은 경험을 한
다른 사람의 입장을 체험해 보세요!
-상인 세포-
펄쩍!
할인가 1억
펄쩍!
살게! 살게!
이런 신기방기한
물건이 있다니!!!
잠깐! 가격 뭔데?
1억? 칼만 안 들었지
순 날강도네.
할인가 1억
축하드립니다
1호 구매자가 되셨어요!
산다고
안 했는데?
일단 써봐!
돈 내놔.
살려줘…
…진짜 강도였군.
지-잉!!!

찢어진 옷을 입고 있는 구웅을
그냥 보낼 수가 없었던 것처럼
SUPER
RIDER

바비도 알바생을
그냥 보낼 수가 없었던 건
아니었을까?
다은아…
추운데 이렇게 입고 온 거야?
어머 얘 미쳤나 봐.
멋 내다가
얼어 죽어!

이 자식이 돌았나?
다은이가 어쩌고 어째?
팟!
앗! 1억짜리!!!

뭘 보길래
다은이를 찾고
난리야?
이거 다른 사람 마음을
체험하는 물건이야!
…그게 가능해?

그 사람이 입장이 돼보면…
이해할 수
있을 것 같다.

그럼 지금 바비는
어떤 기분일 것 같아?

지금 바비 입장을
경험해 본 적 있어?
응, 물론이지.

바비야
내가 웅이 만나러 와서
많이 신경 쓰였지?

아니.
……
…실은 맞아.
조금 신경 쓰여서 왔어.

근데
어떤 상황이었는지
나 알 것 같아.

그래서 이해해.

426

루비 퇴근합니다 1

겨울이 오고 있음을 느낀다.
윤희야.

?!
연애하니까 어때? 신나?

헤헤헤.
닥쳐. 대답 듣고 싶지 않아.

루비 언니가 이상해지는 걸 보니 겨울이 다가왔음을 느낀다.
헤헷 신나? 응? 좋겠다?
히히히힛

우기 대리님 좀 포기해요!
루비 선배한테 관심 하나도 없잖아요.

주변에서
<우기 사랑 프로젝트>를
전면 폐기해야 한다는
의견이…
벌써 4번째예요
이거 안 되는 사업이에요!
지금이라도 접어요, 네?

우기
포에버!!!
쾅!
후다다닥-
말 안 통할 거라 했지?

…죽을래?

언니는 우기 대리님
어디가 그렇게 좋아요?
…우기 오빠
처음 봤을 때

맞다 인사해.
영업부 우기 대리.
이쪽은
우리 팀 막내
루비.
안녕하세요
꾸벅
심장 맞았어.

쿵!
RUBY's
907
루비 역사상 가장 높은 심쿵 포인트를
기록했고 현재까지도 깨지지 않고 있지.

3년 전 루비의 심장을
우기가 때렸을 때
000
RUBY's HEART
RUBY's HEART

그렇게 따지면 연예인이 더 심쿵하지 않나요?
나는 현실에 있는 사람에게만 심쿵해.

언니 좋다는 사람은 왜 싫어요? 예전에 회사까지 찾아온 사람 있었잖아요. 훈남이던데…
훈남? 혹시 걔?

김준우? 여기 웬일이야?
나도 회사가 근처거든. 저녁 같이 먹을래?

쿵!!!!!
RUBY's HEART
725
그때 갑자기 찾아와서 좀 심쿵하긴 했지.

우기만큼은 아니지만
심쿵 포인트 2위를 기록한 김준우.
이름 : 김준우
관계 : 건너 건너 아는 사이
심쿵포인트 : 725
우기와 겨뤄볼 수 있는
유일한 사람이야.

얘도 괜찮지 않아?
루비한테 호감도 높잖아.
그럼 뭐해?
1위는 우기인데.

루비는 심쿵 1위랑만
연애한다는 조항이 있어서
2위는 안 돼.

저놈의
<우기 사랑 프로젝트> 하느라
3년 동안 집에도 못 가고
이젠 지긋지긋해!

그런데
우기는 루비한테
관심도 없고

루비가 다른 사람이랑
썸 타게 만들면 어떨까?

우리가 김준우한테
선톡 한번 날리면 어때?
미쳤어?
프라임 세포가 알면
가만 안 있을걸?

날씨가 추워져서
루비 마음의 문이
살짝 열려 있는 지금이
기회야.

준우는 루비한테
호감이 있으니까
잘 지내?
루비의 선톡만으로도
썸을 불러일으킬 수 있을 거야.

프라임 세포는?!
우기에 미친 세포인데
우릴 가만두겠어?
평생 우기 사랑 프로젝트나
하면서 살래?
퇴근 안 할 거야?

그래!
썸 타기 시작하면
프라임 세포도 어쩌지
못할 거야.
한번 해보자.
어쩌면 우기를 탈출할
유일한 기회일 거야.

아! 김준우!
벌떡!!!
근데 이 자식
생각해 보니까 요새
연락이 뜸하네?

말 나온 김에 준우한테
연락이나 한번 해볼까?
그래!!!
어떻게 지내냐고
자연스럽게!!!
착!!!

김유미
김준우
김톰

이거… 다 〈우기 사랑 프로젝트〉 때문이다.
준우…
여친 생겼네?

준우마저도
누군가 채 가버렸어.
우기를 벗어나게 할
유일한 희망이었는데…

겨울이 오고 있음을 느낀다.
역시 우기가 최고지
요즘 기분이 싱숭생숭하다.

427

루비 퇴근합니다 2

예전에 같이
일했던 직원들이에요.
이다, 루비, 윤희.

처음 뵙겠습니다!
박윤희입니다.
샥!
반가워요.
말씀 많이
들었어요.

나랑 같이 일하는
그림 작가님.
안녕하세요
컨트럴 죄입니다.

1급 상황
발생!!!
1급 상황
발생!!!
삐뽀-
삐뽀-

긴급 상황!!
뉴페가
나타났다!!!
분석 모드 가동!
1차 분석
헐… 잘 생겼당!
뽀글ㅡ
뽀글ㅡ
분석 끝.
2차 투표
헤헷
우리 우기.
왜?
얘는 별로야?
헤헷
우리 우기.
결과 발표
뉴페에 대한
분석 결과 나왔어,
얘들아!!!!!
꽝!
루비
아님

상황 해제합니다!
루비 타입 아니랍니다.
그냥 편하게 대하세요!

근데 오늘
무슨 일이세요?
마케팅부에서
광고 작업 때문에
일러스트 작가를
소개시켜 달라고
해서.

연결해 주려고
왔다가 잠깐
들른 거야.
아! 이분이
삽화 그리셨던
분이시구나!
엄청 잘
그리시던데.

루비도
그려줘요!
?!!!

루비이
도오???
저것은
〈지 이름 부르기〉?

암흑 애교술을 자연스럽게
사용하는 것을 보니
애교 술사인 것 같은데
루비도
그려줘용!

아… 네.
그려드리죠.
왜 처음 보는 사람에게
암흑 애교술을 쓰지??

뭐지?
나랑 썸 타려고
그러나??

미안하지만
그쪽 내 스타일
아니야!
오오오!!!
슬금슬금~

저 여자!!!
이산화탄소 구역으로
진입하고 있다!!
위잉!!!
우왕~ 신기해
위잉!!!

이거 완전 제멋대로잖아!!!
기술을 마구잡이로
남발하고 있어!!!
샥!!
궁금~
궁금~

자, 여기요.

빵!
모야 이게
ㅋㅋㅋㅋㅋㅋ
ㅋㅋㅋㅋㅋㅋ

ㅋㅋㅋㅋ
ㅋㅋㅋㅋ
루비가 ㅋㅋㅋ
이렇게 생겼ㅋ
ㅁㅎㄱ요
-빵빵 세포-
딴 데 가서 웃어!!!
왜 여기 와서 이래?!
나가 쫌!!!!

네 어깨에
스파이크 서브
ㅋㅋㅋㅋㅋㅋ
미안 ㅋㅋㅋ
꾸-욱

〈네 어깨에 스파이크 서브〉
를 시전합니다
ㅋㅋㅋㅋㅋㅋㅋ
ㅋㅋㅋㅋㅋㅋㅋ
ㅋㅋㅋㅋㅋㅋㅋ

슈우우욱!!
저쪽에서
또 스킬을
구사한다!!!
네 어깨에
스파이크 서브?!

대체 나한테
왜 이러세요
!!!!!
오늘
처음 봤잖아!!!

피하기엔
너무 빨라!!!
그냥 맞아.
어차피 하급 기술이라
컨지에게는 안 먹혀.
-본심 세포-

이잉~
찰싹!

콰 - 앙!!!

마음의 문이 60% 파괴되었습니다!
펑엉!!!!!

쟤… 뭐야?!!!
빨리
<방어 주문>을 걸어
!!!!

는 내 타입 아니야 얘는 내 타입
는 내 타입 아니야 얘는 내 타입
는 내 타입 아니야 얘는 내 타입
는 내 타입 아니야 얘는 내 타입
는 내 타입 아니야 얘는 내 타입
는 내 타입 아니야 얘는 내 타입

428

루비 퇴근합니다 3

〈네 어깨에 스파이크 서브〉 따위의
흔한 기술이라도
제대로 사용하면
나 같은 애교 도사라도 데미지를 받는다.

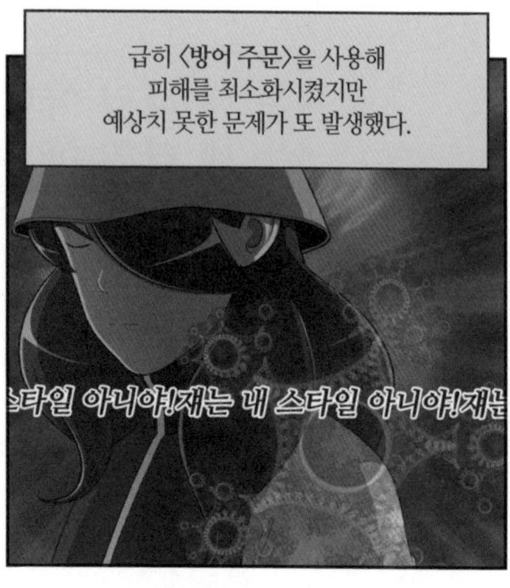
급히 〈방어 주문〉을 사용해
피해를 최소화시켰지만
예상치 못한 문제가 또 발생했다.
스타일 아니야!재는 내 스타일 아니야!재는

근데 제트 작가님은…
여자친구 있으세요?
저요?
지금은 딱히
만나는…

잠깐!!!
이 질문!!!

그리고 저 세 사람이
만들어둔 진영!!

사랑의 마법진!!!
루비도
만나는 사람 없는뎅!
제트 작가도
만나는 사람 없어!!
두 분
은근 어울리시는 듯
〈사랑의 마법진〉
특정 두 사람을 엮기 위해서
주변 사람들이 분위기를 몰아가는 마법.

이것들 다
한통속에 짝짜꿍!!!!
나랑 저 여자랑
엮을 속셈인가?!!

이 대화 속에서 탈출한다!
다들 꽉 잡아!
루비라는 애는
완전 내 스타일 아니야!!!!!

그럼 유미 작가님은
이야기 더 나누세요
저는 마케팅부로 가볼게요.
어?! 제가
안내해 드릴게요.
슬금-
슬금-
괜찮아요.
어딘지 알아요.

마케팅부? 저 영업부 갈 건데
저랑 같이 가요.
제가 안내해 드릴게요.

100% 확실해!
재 지금
나랑 썸 탈라
그러는 거야!

괜찮아요.
어딘지 알아요.

총총총-
오래된 건물이라

헤헤헤~
어차피 나도
3층 갈 건데요 뭐.

처음 오면
헷갈려요.
착!

저랑 같이 가요!
〈5시55분〉
머리와 발을 이용해 5시 55분을
가리키는 동작을 취한다. 이는
부탁을 거절 못 하게 하는 기술이다.

하… 세상은 넓고 고수는 많다.
네… 그럼
같이 가시죠.

가만 보니 사람이 참
싹싹하고 붙임성도 좋고
밝은 에너지가 넘치고
다시 보니 예뻐 보인…

너 뭐 하는 거야!!!
정신 차려!!!!!
쟤는 내 스타일 아니잖아!

더 두고 보다가
넘어가겠어!
-본심 세포-
기술 사용을
허락한다!!

<뀨뀨신공 버터 맛>
꺼내와!!
착!!!
뀨뀨신공
버터 맛
〈뀨뀨신공 버터 맛〉
식욕 감퇴, 닭살 돋음 등의
부작용 때문에 사용이 금지된
느끼한 애교술.

컨트롤 걱는
바로 이 부작용을 이용하여
루비를 밀어낼 생각이다.
이걸 좋아하는
사람은 못 봤거든
크큭

루비라는
이름은…
본명이에요?

루비??
이름 본명이에요.
왜요?

예쁘다.
이름.
〈주어 서술어 바꿔 말하기〉
느끼함 120% 증가.

슈우우우웅!!!

버터다, 버터!!!!
철퍼덕!!!
으아아!!!!

저 자식이
우리 마을에 대왕 버터를
던졌어!!!!
사람 좋게 봤는데
영 못쓰겠네?
어흐!
보기만 해도
니글거려.

말로만 들었지
실제로 버터를 본 건
처음이야.

야! 함부로 먹지 마.

루비는 느끼한 걸
몹시 싫어한다.
!!!!!!!!!!!!!!!

하지만 늘 차갑게 구는
우기만 보다가 입맛에
변화가 생긴 걸까?
야… 이거

부드럽다!!!!
사르르르~

고… 고마워요.
그런 말… 처음 들어요.
고수와 고수의 만남.
모든 기술들이 다 적중하고 있다.

429

루비 퇴근합니다 4

윤희야, 오늘
일찍 끝났는데
뭐 먹고 가자.
(주)대한국수
갑자기 라면 먹고
싶지 않냐?
나만 그런가?

죄송해요.
대용 오빠가 1층에서
기다리고 있어서요.
저는 다음에 먹는 걸로.

아 뭐야.
꺼져 꺼져.
됐어, 필요 없어.
다음이 어딨어?

하지만 나에게
이다 언니가 있지!
남편이 영화 예매
해놔서 나도 안 돼.

…너무 일찍 끝나서 누구 불러낼 사람도 없고

루비는 심심하고
김준우
♥
아니지, 루비는 외롭고
김 톰
저 결혼했어여

우리 우기 오빠는 출장 갔고
지우기
출장 중입니다
…뭐야. 출장은 또 언제 갔대?

타닥-
타닥-

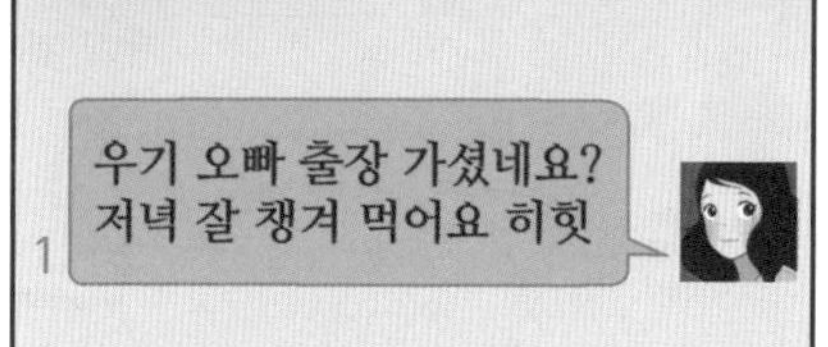

우기 오빠 출장 가셨네요? 저녁 잘 챙겨 먹어요 히힛
1

……아 맞다.
아까 그거나
다시 돌려 보자.

펑!

다시 봐도
…맞지?
예쁘다 이름

제트오빠가 그린 루비
저 오빠…
루비한테 반한 듯.

루비 타입은
아니지만 그래도
흐뭇하네.
예쁘다 이름
한 번
더 보자
우리 루비
아직 안 죽었다니까.

내가 좋아하는 사람은
나를 쳐다보지도 않고
아이러니한 인생이야
나를 좋아하는 사람은
내 타입이 아니고…

추워 죽겠는데
버스 왜 안 오냐…
에효…

……

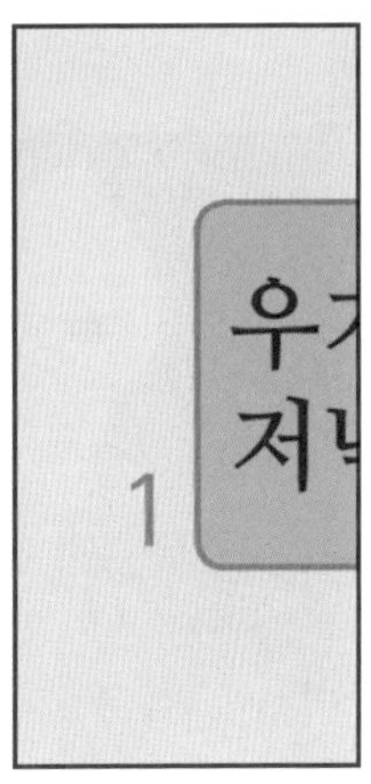

저기요, 우기 오빠
루비 아직 안 죽었거든요?
아직 인기 많거든요?

낼 봐요 우곰빠
우기 오빠 출장 가셨네요?
저녁 잘 챙겨 먹어요 히힝
1
오늘도 회사에게
나한테 호감 보이는
사람 있었거든요?

나 싫다는 사람
나도 됐거든요.
덥석!
우기 사랑 프로젝트
야! 야! 지금
뭐 하는 거야?!
추워서
더는 못 참겠다.
홱!
나부터
살고 봐야지.
에라이
속이 다 시원하네.
활~
활~
안 되는 프로젝트
붙잡고 있다가
루비 늙어 죽겠다.

루비도 이제
루비 좋다는 사람 만나서
연애할란다.
오오!!! 드디어!!!
해방이다!!!

그럼 컨트롤 제트를
거둬줄 거야??
연락처고
이름이고 아무것도
모르는데?

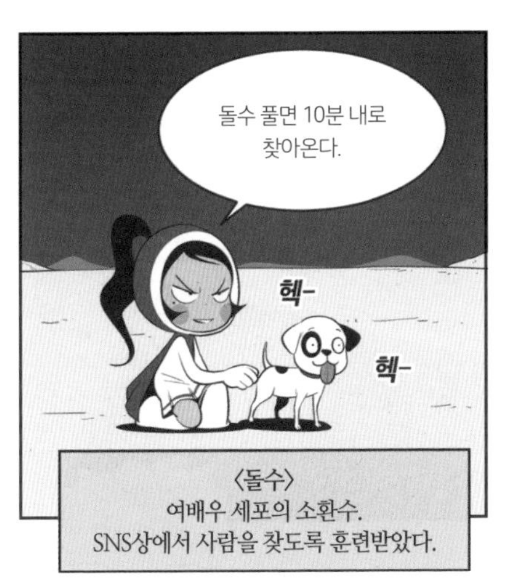

돌수 풀면 10분 내로
찾아온다.
헥-
헥-
〈돌수〉
여배우 세포의 소환수.
SNS상에서 사람을 찾도록 훈련받았다.

이름은 컨트롤 제트.
본명은 몰라.
이 사람 찾아오렴.
헥-
헥-
야 너 내 말 듣고 있냐?
나는 돌수까지 풀었다.

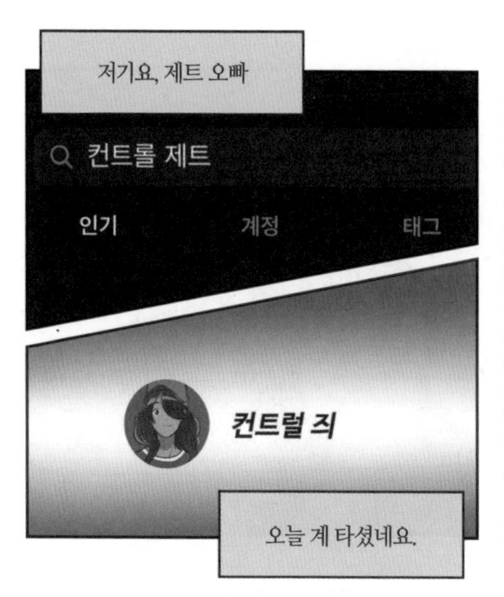
저기요, 제트 오빠
컨트롤 제트
인기
계정
태그
컨트럴 직
오늘 계 타셨네요.

사람은 타이밍이라더니
오늘 정말 운이 좋으신 듯.

그렇게 대놓고
호감을 표시하셨으니
저도 마음의 문을 열고
기회를 드릴게요.

어떻게 할까?
댓글 남길까?
팔로우부터 걸자.
좋아요도 몇 개 누르고.
죄다
개 사진인데?
아니야!
그거 아니야!

그동안 너무 힘들었잖아.
우리 이제 질질 끌지 말자.
속전속결로
가자.

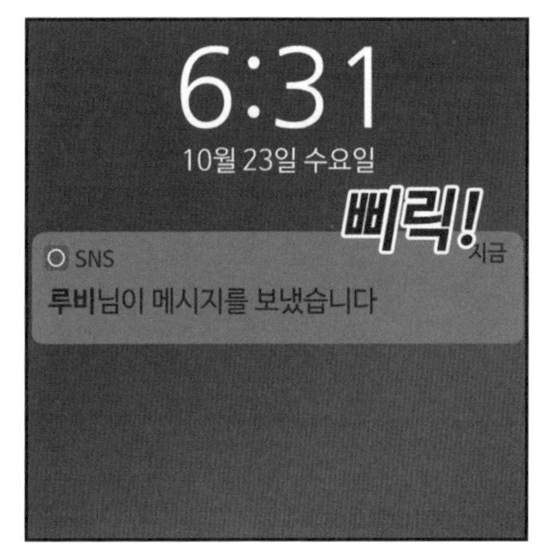
6:31
10월 23일 수요일
삐릭!
SNS
지금
루비님이 메시지를 보냈습니다

디엠 걸어.

430

루비 퇴근합니다 5

이 사람이 나를 좋아한다.
나에게 호감을 보이고 있다.
루비

그럼 나는?
응?? 나는???

마스터여!
오더를 내려주세요.
루비라는 사람에게
충성 맹세 할까요?
아 쫌! 보채지 말고 좀 기다려봐!!
-충성 세포-
-본심 세포-

나는 깨방정 떠는
스타일 별로
안 좋아하는데…
쟤는 또 괜찮다
싶기도 하고…

콰앙!!!!
그 순간 거대한
폭발이 일어났다.

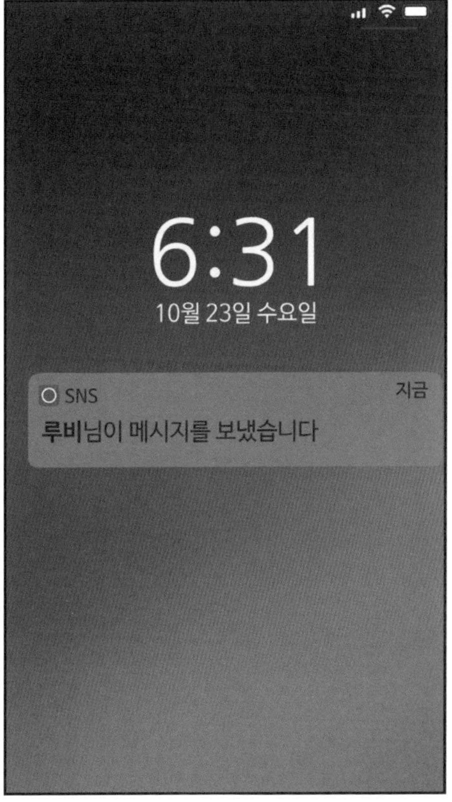
6:31
10월 23일 수요일
SNS
지금
루비님이 메시지를 보냈습니다

뭔데?!
지금 DM 보낸 거야?
나한테??

이제 정말 확실해졌다.
쿵광!쿵광!쿵광!쿵광!쿵광!
쿵광!쿵광!쿵광!쿵광!쿵광!
루비라는 사람은
나에게 푹 빠져버렸구나.

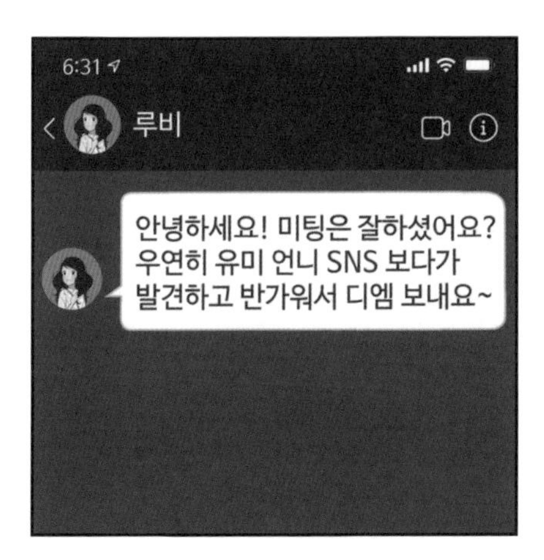
6:31
루비
안녕하세요! 미팅은 잘하셨어요?
우연히 유미 언니 SNS 보다가
발견하고 반가워서 디엠 보내요~

…메시지 확인
했는데
왜 답장
안 하지?

메시지 보내고 무려 3분이나
흘렀는데 답장이 없다.
메시지 봐놓고
왜 답장 안 하는데!!!
살짝 초조해지기 시작했다.

아 미치겠다!!
저 오빠 지금
밀당하나 봐!!!!
사람 애태우지
말고 빨리 보내!!!!

왔다 왔어!!!!
답장 왔어!!!!!!
오예

아… 이게 뭐라고
이렇게 떨리냐!
아 누군가 한참 생각했네요
오늘 만나서 반가웠어요 ㅋㅋ

아까 그림 그려주신 거
고맙다고 인사도
제대로 못 했네요
나는 감사의 표시를
하겠다는 명분도 갖고 있다.

이걸 빌미로
데이트로 연결한다!!
<데이트 프로토콜>을
가동해!!!

아! 맞다!!!
너 혹시 이번 주말에
뭐 해?
특별한 거 없는데
왜요???
〈데이트 프로토콜〉
뭐 대단한 거 있는 것처럼
상대의 호기심을 자극해서
"주말에 특별한 거 없는데요"라는 말을
이끌어내 주말 약속을 잡아낸다.

타닥-
타닥-
아!!! 맞다!!!!
제톱빠! 혹시 이번 주말에
뭐 하세요?!

"특별한 거 없는데요"
라고 말해!!!
저쪽이 나를
좋아하는 상황인데도
되게 떨리네!

왜요?
튕기기!!
지금 오빠가
튕기실 땝니까?

상대가 나를 좋아하는 걸
알고 있는 이상

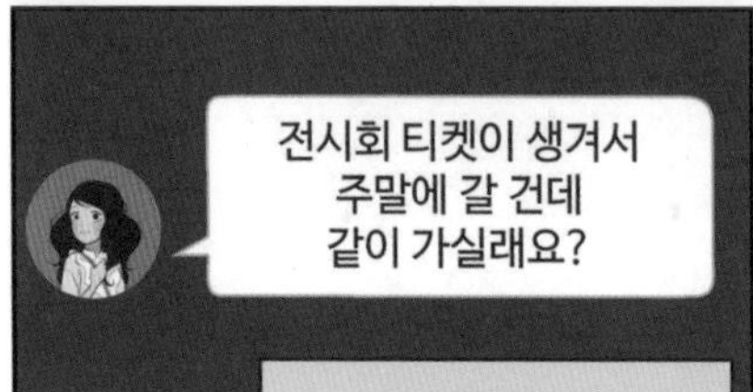
전시회 티켓이 생겨서
주말에 갈 건데
같이 가실래요?
튕기기는 내게 안 통한다.

이번 주말에는
마감이 하나 껴 있어서
저는 좀 어렵겠네요
어?!!!

아 글쿠나 ㅎㅎ
그림 그리시는 분이시라서
좋아할 것 같아서 한번
여쭤봤어요 ㅋ
…주말에도
일한다고??

뭔가 스텝이
꼬인 기분인데?
어떻게 하지??
다음 주는 괜찮냐고
다시 물어보자.

잠깐만! 이 상황 좀
익숙하지 않아?
-불안 세포-
이거…
거절 같은데.

우기를 통해 학습한 것이
하나 있다면…
그것은 바로
거절을 구분해 내는 능력이다.

대놓고 싫은 티 팍팍 내며
거절하는 경우는 잘 없다.
이번 주말에는
마감이 하나 껴 있어서
저는 좀 어렵겠네요
어른들의 거절은
늘 적당한 다른 이유를
대거든.

이 모든 게
또 착각이었던가
??????
나 혼자
생쇼 하고
있는 거였어??

이름
이쁘다며?
아! 이름
이쁘다며!!!!!!

썸 탈 것도
아니면서 왜
이름 이쁘다고
XX하는데?!!!
이 망할 놈아!!!!!
꽤액!!
…날 갖고 놀았어.

띠링!
6:46

쿵!!!!!

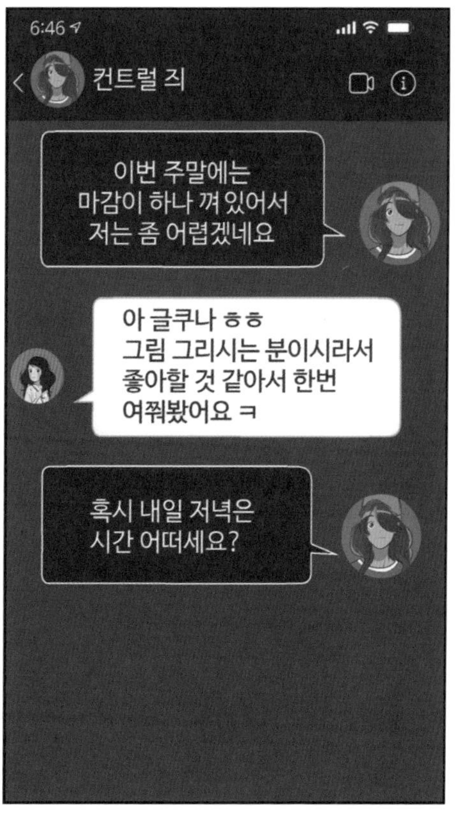
6:46
컨트럴 직
이번 주말에는 마감이 하나 껴 있어서 저는 좀 어렵겠네요
아 글쿠나 ㅎㅎ 그림 그리시는 분이시라서 좋아할 것 같아서 한번 여쭤봤어요 ㅋ
혹시 내일 저녁은 시간 어떠세요?

431

루비 퇴근합니다 6

근데
오늘 루비 만나기로
하셨다면서요?
쿵!!

…작가님?

아 네…
오늘 보기로
했어요.

어제 갑자기 연락 와서
전시회 보러 가자고
하더라고요.
왜지?
왜 루비라는 말만
들었는데
심쿵하는 건데?

원래 저쪽이 나를
좋아하는 상황인데
언제 이렇게
돼버린 거지?

그 해답은 나눴던
문자에 나와 있어.
?!!

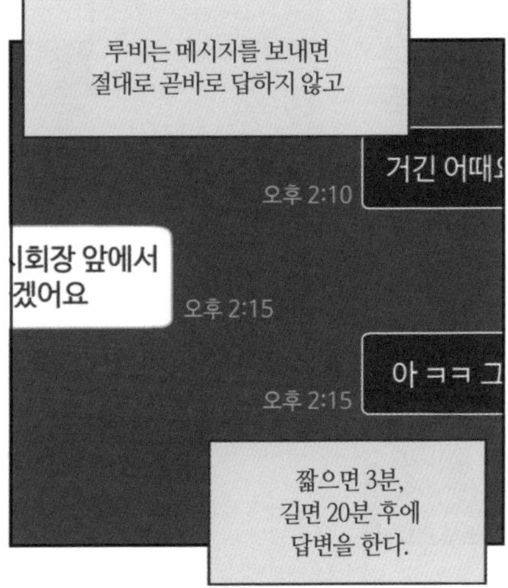
루비는 메시지를 보내면
절대로 곧바로 답하지 않고
거긴 어때요
오후 2:10
시회장 앞에서
겠어요
오후 2:15
아 ㅋㅋ 그
오후 2:15
짧으면 3분,
길면 20분 후에
답변을 한다.

답변을 기다리는 동안
컨즤의 몸에는
〈애타는 마음〉이 생성되고
…답을 왜
안 하지??
…바쁜가?
애타는
마음
내가 뭘 실수했나?

루비에게 답변이 오면 〈애타는 마음〉이
해소되면서 심장을 때리게 되지.
쾅!
퍽!!!
-심장-

그게 반복되면서 루비라는
말만 들어도 움찔하게 되는 거지.
아고고고!!!
-심장-
루비…
심쿵!
이게 바로 고전 기술
〈밀당〉의 기본 원리야.
맙소사!!!
이미 기술에 걸려들었는데도
모르고 있었어.
루비는 대체
어떤 경지까지 다다른
고수인건가!
복수해 줘!
나만 당할 순 없어!
쿨럭 쿨럭
-심장-
일 안 하고
여기 올라오면
어떻게 해!
복수해 줄게.

놈의 심장은
내가 접수한다!
오늘 왜 저래?

어디서
보기로 했어요?
6시에
전시장 앞에서
보기로 했어.
그럼 서둘러야겠네!
나 오늘 어떰?
칭찬해 줘
완전 예뻐!
빨리 가봐! 늦겠어!
그럼 루비 먼저
들어갈게요!
데이트 잘해.
화이팅!
아 떨린다.
남자랑 데이트하는 거
진짜 오랜만인데 헤헤.

?!!
퇴근해?
!!!!

RUBY'S
907
그 존재만으로도
루비를 떨리게 하는
심쿵 챔피언 우기.

출장은…
잘 갔다 왔어요?
응.
이 사람을 넘어서야 한다.
그래야만 나도 연애할 수 있다.

힘내요 내 사랑 루비
힘낼게!
그래! 나보고 한눈에 뿅 반해서
좋아하는 사람도 있잖아!

?!
안 타세요?
응 나는 마케팅부
올라가는 거야.

잘 가.

먼저 퇴근할게요.
수고하세요,
우기 대리님.

나도 됐다 요놈아.
나 좋다는 사람 만나서
연애할 거다.
나는 심쿵 챔피언하고만
연애한다는 원칙을 깼다.

우기의 기록은 누구도
깰 수 없다는 걸 알기 때문에
그땐 어릴 때라
별일 아닌 걸로도
심쿵 많이 했어.
맞아!

루비 출발합니다!
전시회장 앞에서 뵐게요 힛
삐릭!

루비 씨!
?!!

퇴근한 거 맞죠?
같이 가요.

여기… 왜????
근처에 마침
일이 있었거든요.

RUBY's HEART
RUBY's HEART
화
ㅡ
악
지금… 루비
기다리신 거예요?

432

응큼 세포의 시그널

만나기로 한 사람이
미리 와서 기다리고 있는 건
루비 씨! 퇴근한 거 맞죠? 같이 가요.
정말 심쿵한 일이다.

552
쿵!!
헉! 내 심장!!!

걱정 마. 이 정도 공격은 버틸 만해 후훗.
-심장-
쓸데없이 튼튼해!!!!

존대하다가 갑자기
반말하는 것도 좀 심쿵할 일이다.
불편하지 않으면…

말 편하게 할게 루비야.

217
두근!!
이번엔 살짝 두근거린 정도?

내가 강해진 건가?
요즘엔 맞아도
별로 아프지 않아.
-심장-

어?!

하지만 컨트롤 제트는
말을 놓자마자
좌아악!!!
거대한 결정타를
날렸다.

우리 한번
만나볼래?
쿵!!!

비록 최고 기록은 아니었지만
이제 그런 건 중요하지 않아.
881

나는 이미 이 사람이
마음에 들었으니까.
좋아요!

제트 오빠와 나는 연인이 됐고
쉬는 날이면 늘 찰싹 붙어 다녔다.

아 맞다! 집에서
옥수수를 너무 많이 보내줬는데
너 이따가 좀 가져갈래?
옥수수?

옥수수 좀 가져가라고?
왜 이 말에 갑자기
두근거리는 거지??

삐릭!!
??
언니 나 뭐 좀 물어볼려구
언니는 연애 많이 해봤으니까
이런 거 잘 알 거 아냐

제트 오빠가 집에 옥수수
많다고 좀 가져가라는데
이거 무슨 의미야?!!
뭔 소리야.
옥수수 나눠 먹자는
말이겠지.

비켜!
이 꼬꼬맹이들아!
에잇 답답해
-응큼 세포-
루비의 문자를 받고 그동안
잊고 있었던 세포 하나가 나타났다.

이것은
응큼 세포들끼리
주고받는 언어로써
차 한 잔 하고 갈래?
라면 먹고 갈래?
우리 집에서 넷플릭스 볼
휴대전화 충전하고 갈래?
일명 <시그널>
이라고 한다!

예를 들어
"오늘 우리 집에 갈래?"라는 말은
자칫 이상하게 들릴 수도 있지만
끼요후!
오늘 우리 집에
갈래? 베이베~
<시그널>을 사용하면
안 이상해지지 후훗.
우리 집에 귀여운
두더지 보러
갈래?

루비가 받은 건
요즘 유행하는
<농산물 시그널>이다!
?!!!!!

오늘 우리집에 갈래?
라는 시그널?
쿵!!

루비야!!!
이거 혹시
〈시그널〉 아닐까?
무슨 시그널????

연애는 짝사랑과는 차원이 다르구나!
RUBY
3199
확실하지도 않은 시그널 하나가 이렇게 강력하다니!

요놈들…
좋을 때다
나도 이럴 때가 있었는데…

유미야!

빨리 왔네? 많이 기다렸어?
아니 나도 방금 왔어.

미안. 가게 마감이 좀 늦게 끝났어.
우리 마실 거 주문하자.

아 맞다! 유미야.
루비와 방금 나눴던 대화 때문일까?

누나가
감자를 잔뜩 보냈는데
이따 좀 가져갈래?
한동안 감지하지 못했던
시그널이 감지되기 시작했다.

그래.
이따 갈 때
가져가면 되겠다.

433

당신이 받고 있는 시그널 1

?!!

와!

LLI
이런 건
얼마나 하려나?
ULLI
명품이니까
비싸겠지?

패션 이즈 머니야!
이것저것 입어봐야
자기 스타일도 찾는 거다?
응? 응?!
-패션 테러리스트-
의외로 나한테
어울릴 수도…
나는 가끔 갖고 싶은 게 생기면
몸속에서 뭔가가 꿈틀대기 시작한다.

옷은 안 된다니까!
왜 오늘따라
이렇게 말을 안 들어?
사줘어어!!!
-아낌없이 주는 나무-
유미의 지출을 결정하는 세포.

출출이한테는
에어프라이어도
사줬더만!!!
으아앙!!!
맨날
나만 안 사줘!!!
그건 글 작업할 때
고구마튀김 먹으면
잘 된대서 사준 거고.
지가 처먹고 싶으니까
사달라는 거였겠지!
이 사기꾼 뚱땡이!!!
와쟉~
입이 있으면
처먹지만 말고
말을 해봐! 엉?!!
와쟉~
콰직!
야 그냥
하나 사줘라.
불쌍해서 못 보겠다.
그래. 사줘 그냥.

글 쓰는 일을 한 뒤부터
점점 옷에 신경 쓰지 않게 된 건
사실이다.
입어보고
괜찮으면
한번 생각해
보는 걸로…

사람 만날 일도 잘 없는데
이런 정장 스타일이
필요할까?
…좀 아닌가?

한번 입어보세요.
보는 거랑은
또 다르니까.
어서요~
음… 그럴까요?

예쁘다!!
맘에 들어!!
사두면 입을 일이
한 번은 있을 거야!

가끔이지만 나는 뭔가를 구입하기
직전에 강한 느낌을 받을 때도 있다.
이걸로
드릴까요?
!!!!!!!

이거 사면 왠지
두고두고 후회할 거 같아!
불길한 느낌이야!!!
-불안 세포-

이유는 나도 모른다.
옷도 너무 마음에 들고
살 수 있는 능력도 있는데
괜히 망설여질 때가
이렇게 있다.

금강불괴로
변신!!!!
펑!
앗! 그건 봄철에만
사용하는 거잖아!
닥쳐! 급하면
아무 때나 사용할 수
있어!

힘들게 얻어낸 옷인데
여기다 똥을 뿌려?!!
사면 후회
한다고!!!
?!!
-호기심 세포-

불안 세포야,
궁금한 게 생겨서
찾아왔는데
유미가 고른 그 옷을 사면
후회할 거라고 생각한
이유가 뭐야?

실은
텔레파시 세포가
말해줬어.
미래에서 연락을
받았는데 그 옷 사면
후회할 거랬거든.

나한테만 알려주는 것도 아니야. 좋은 일은 자신감에게도 알려줘.
그래서 유미 자신감도 늘 근거가 없는 건가?
그럼 불안이나 자신감이 미래의 유미가 보내는 시그널이라는 말인데…
이걸 믿어야 하나?
미치겠네 이놈의 궁금증…
정말 미래의 유미가 시그널을 보낸다고 생각해?
-텔레파시 세포-
극비사항이긴 하지만 사실이야. 증거를 보여줄까?
그동안 유미가 미래에서 받았다는 시그널은 굉장히 많았다.
아주 어렸을 때도 받았었네?

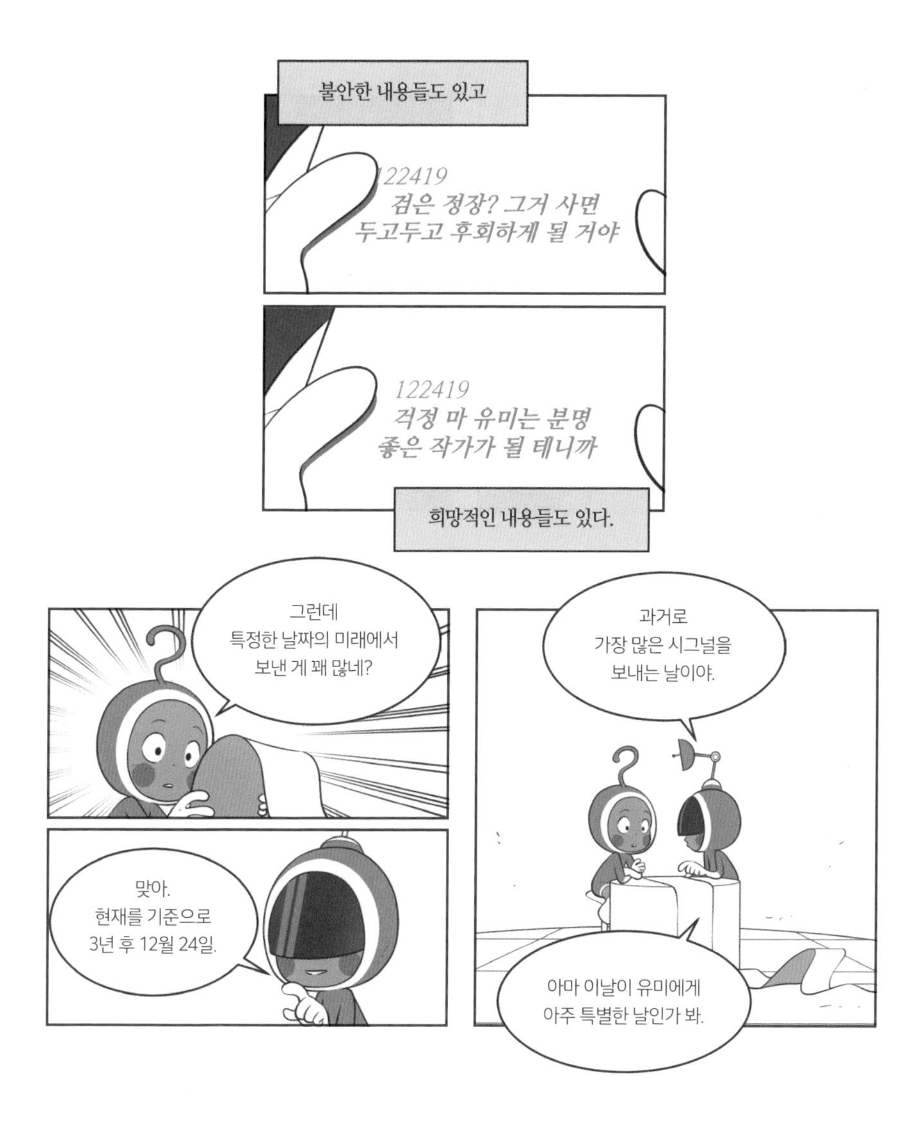
불안한 내용들도 있고
122419
검은 정장? 그거 사면
두고두고 후회하게 될 거야
122419
걱정 마 유미는 분명
좋은 작가가 될 테니까
희망적인 내용들도 있다.
그런데
특정한 날짜의 미래에서
보낸 게 꽤 많네?
맞아.
현재를 기준으로
3년 후 12월 24일.
과거로
가장 많은 시그널을
보내는 날이야.
아마 이날이 유미에게
아주 특별한 날인가 봐.

3년 후 12월 24일.
긴장되세요?
응, 조금.

아무래도
방송 인터뷰는
처음이니까.
아마 지난번 인터뷰랑
비슷한 질문일 거예요.
너무 걱정 마세요.

오늘 그거
입으실 거예요?
아니. 이 옷
버린 줄 알았는데
아직 있길래.

사놓고 결국
한 번도 못 입었는데.
어휴… 이걸 그때 왜 샀지?
아까워서 버리지도
못한다니까
작가님,
이제 출발하셔야 할 것
같아요. 시간 다 됐어요.

우우웅!!!!!
응?!

남편 전화.
잠깐만.

434

당신이 받고 있는 시그널 2

뭔가 사고 싶은 게 생겼다면
아낌없이 주는 나무를 찾아가야 한다.
뭐가 필요하니?

유미 돈 쓰는 건 이 녀석의
허락이 필요하거든.

이름처럼 돈을 잘 쓰지만
유독 나한테는 되게 야박하게 군다.
달달달달—
야! 미술 세포!
넌 살 게 뭐 있다고
여기 얼쩡거려?

클래스 101?
여기서 온라인 클래스
하나 들으려고.
-미술 세포-
CLASS 101
코바늘로 인형 만들기!
준비물까지
다 챙겨준대
코바늘 인형 만드는 걸
배워볼까 해서.

에휴~ 이번에도
좀 하다가 말 거면서.

아니야. 이번에는
뭔가 느낌이 왔어.
유미랑 잘 맞을 거야!

뭐든 배워보는 건 좋은 일이야!
결제해 줄 테니까 열심히 해봐.
헤헤
고마워.

…일단 내 말 들어봐.
지난번 검은 정장을 사고
크게 깨달은 게
하나 있거든?
Julli's#
만지작~
만지작~

인간은 저마다 각자
자신에게 맞지 않는
스타일이 있고
사서 입어보지
않으면
모른다는 거야.

이렇게 하나씩 알아가게
되는 게 인생인가 봐.
하하하하.
이걸로 할까?
괜찮지??
나는 확실히
이런 스타일이
잘 맞는 듯…

좋은 말로 할 때
그거 제자리에 갖다 놔라.
사조
양심이라곤
찾아볼 수 없군

왜 옷 사는 것만
이렇게 야박한데?!!!
나도 패션에 대한
열정이 있다?
그 열정 짓밟으면 그땐 나도
깡패가 되는 거야!

저 망할 놈이
유미 금고 키를
들고 튀었어!!!!
다다다다다다!!!
야 이
도둑놈아!!!

아 몰라!
이거 하나만
사자!
니트 종류는
많을수록 좋아!

당장
이성 세포
불러와!!
허락을 구하는 것보다
용서받는 쪽이 더 빠르다!

옷도 못 고르면서
돈만 축내는 너를
더 이상 봐줄 수 없다.
-이성 세포-
펑!
잘 가라 패테!

슈우우웅!!
헉!!!
이… 이건
너무하잖아!!!
날 진짜 죽일 셈이야?!

안 돼!!!!!
-지름신-

펑엉!!!!
안 돼!!!
지름신!!!!!

쿨럭!
쿨럭!
지… 지름신!!!
이깟 니트 한 장
안 사도 그만인데!!!
명품 살 때나
그렇게 하지!!!
바보같이!!!!

가격 태그를 살펴… 봐.
모락~
?!!!!
모락~
30% 세일… 게다가 오늘이 세일 마지막 날?!
와…하마터면 크게 후회할 뻔

이거 하나 약속해!! 어떤 시련이 닥쳐도 굴하지 않고 반드시 찾아내겠다고!!

우리가 그토록 찾고 싶었던 그것…
유미 스타일.

"찾아낼게.
무슨 일이 있어도 찾아낼게"

3년 후 12월 24일.
옷 진짜 많다.
옷 잘 입는 사람
옷장은 확실히 다르네.

작가님 옷
진짜 많으시네요?
근데 안 입는 게
더 많아.

나 준비 다 했어.
출발하자.

키 주세요.
운전 제가 할게요.
그럴래?
그럼 부탁해.

이번에는
곰돌이네요?
응 히힛.
작가님의
유일한 취미 생활.

이것저것 다 해봤는데
그게 나한테 맞더라고.

당신이 받고 있는 시그널 3

…감기인가?
목이 좀 따끔따끔한데?
흠! 흠! 어흠!!

이럴 때는
생강차가 좋지
쿵!!
감기 이 자식 어딨어?!
지금부터 생강의
위대함을 일깨워 주마!!!!!
-생강차-

너 바쁘면 다음에
알려줘도 되고… 컥!!!!
퍽!!!!
허약해 생강차!!!!!

꽤 센 녀석이
들어왔나 본데?
-건강관리 세포-
감기는
더위에 약하다!!
유미 실내 온도
올려!!!

…열도 있는데?
감기 맞나 봐.
바비 만나기로
했는데… 어쩌지?

유미 아픔 ㅠㅠㅠ
감기 걸렸어 목도 아프고
열도 남 ㅠㅠㅠㅠ

열도 남 ㅠㅠㅠㅠ
약은?
영화 예매한 거 내일로
바꿀까?? ㅠㅠㅠㅠ
아직 밥도 안 먹었지?
내가 잠깐 들를까?

너 왜 안 죽어!!
아직 참을 만해.
팔락~
팔락~
온도 더
올려야겠군.

이러다 우리가
먼저 쪄 죽겠어!!!
야! 감기 하나 잡자고
너무 열을 내는 거 아니야?
헥-
헥-
헥-
몰라!!! 올려!!!
누가 이기는지
한번 보자!!!
펄펄
이러다 다 죽어!
보일러 좀 낮춰.
…온도 낮추는
기능은 없는데?

어?! 갑자기
시원해졌다!
?!!!

…언제 왔어?

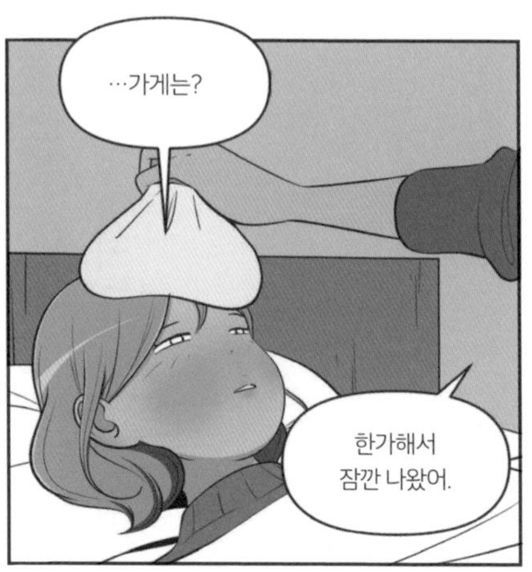
…가게는?
한가해서 잠깐 나왔어.

죽 해 왔는데 죽 먹고 약 먹고 자.

감동이네…

일하다 말고
죽까지 해 왔어!!!!!
허으으엉!!!
-감성 세포-
아플 때는 감정이
평소보다 더 격해지는 것 같다.

왜냐면
감성 세포는 아플 땐 짜증도 두 배,
감동도 두 배가 되거든.
이럴 때는 쟤를
안 마주치는 게 좋아.

감동을
많이 받았나 봐.
콰르르르릉!!!!
오늘은 평소보다
더 격해진 것 같다?

쿠지지지직!!!!!!
아플 때는 어두워져서 그런지
세포들도 잘 구분이 안 간다.

쿠지지지직!!!!

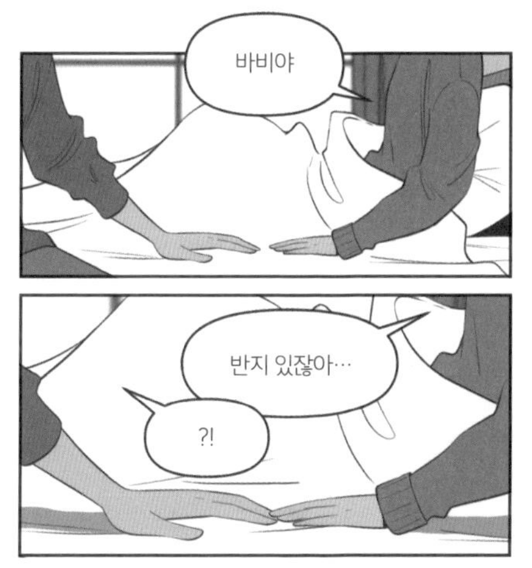
바비야
반지 있잖아…
?!

나한테 줬던 반지… 그거 원래 두 개였어?

……
응, 두 개야.

어느 순간부터 나는 결혼하면
행복하게 잘 살 것 같다는 신호를
받기 시작했다.
?!!
-텔레파시 세포-

친구들은 내가 결혼할 때가 돼서
그런 거라고 한다.
행복해~
넘 행복하당~
이걸 누가
보내는 거지???

시간이 지날수록
신호의 세기는 점점
더 강해지고 있다.

이 시그널은 어쩌면
결혼해서 행복하게 살고 있는
미래의 내가 보내는 건 아닐까?

3년 후 12월 24일.

당신이 받고 있는 시그널 4

유미는 침대 옆
수납장 첫 번째 서랍에
자신의 반지들을
보관합니다.

지금부터 유미의 선택을
받기 위한 반지들이 살고 있는
반지 월드로 들어가 보겠습니다.

헤헷 비켜라!
내일 유미 외출할 때
유미의 선택을 받을 자는
이 몸이시다!!!
히이잉-
막 다뤄주세여!
-막 끼고 다니는 반지-

유미가 이태원에서
만 원 주고 산 반지.
유미의 선택을
받은 몸이시다!
하하하하!!!!
유미가 최근 들어
가장 많이 끼고 다닌다.

걸리적거리니까
저리 비켜! 이 늙은이!!!
뻥!!!!
켁!

이분은 10년 넘은
〈우정 반지〉
거의 안 끼고 다님.
지영아 잘 지내지?
허억!!!

넌 집에 어른 없냐?!
이 개망나니 같은 녀석!!
?!!!

반지의 서열은
유미의 선택을 많이 받은 횟수로
정해진다. 몰랐나?
남친이 사준 반지라고
까불고 다니지 마.

풋!
아무 의미도 없는 반지 주제에…
뭐?!! 너! 다시 말해봐!
싫어!

사실 바비가 선물한 반지는 커플링도 아닌 데다가
얼마 전에 잠깐 헤어졌던 일도 있어서 끼고 다니기 애매했다.

나야 버려질 일 없지만 너는 다르잖아.
바비랑 헤어지면 강물에 처박히게 될걸?

<막 반지>가 하는 말 담아두지 마.
하지만 시한부 인생인 건 사실이잖아.

남친이 사준 반지인데 커플링도 아니라니…
나처럼 기구한 반지가 또 있을까?

자부심을 가져! 넌 24K야! 절대 강물에는 안 던질 거야.
……
얘들아!!!

여기서 이럴 때가 아니야!!!! 지금 밖에 난리 났어!!!
?!!
밖에서 지금 네 출생의 비밀이 밝혀지고 있다고!

-다음 날 아침-
어차피 유미는 나를 선택할 텐데 넌 뭐 하러 나와 있는 거냐?

후훗. 그 멍청한 녀석은 이제 나타나지도 않는군. 주제 파악이 된 건가?
준비해! 유미 온다!!

스-윽

응? 어디 갔지?

유미야 나 여깄어~ 뭘 찾는 거야. 하하하하~
나 끼고 가~
......

잘난 척은 다 하더니
세상이 어떻게 돌아가고
있는지도 모르지?
?!!

어젯밤에
바비가 유미에게
결혼하자고 했어.
프러포즈했다고!
이 멍청아!

게다가 바비가 준 반지는
짝이 있는 반지래.
그럼 그 자식이
결혼… 반지가 될 수도?!
말도 안 돼!!!!

유미야!!!!
히잉~
네가 찾는 반지
여기 있다!!!!

비켜!
이 걸리적거리는 놈아!
퍽!!!!
신분 상승 킥!!!

난 무의미한
존재가 아니었다.
내게는…
반쪽이 있었다.

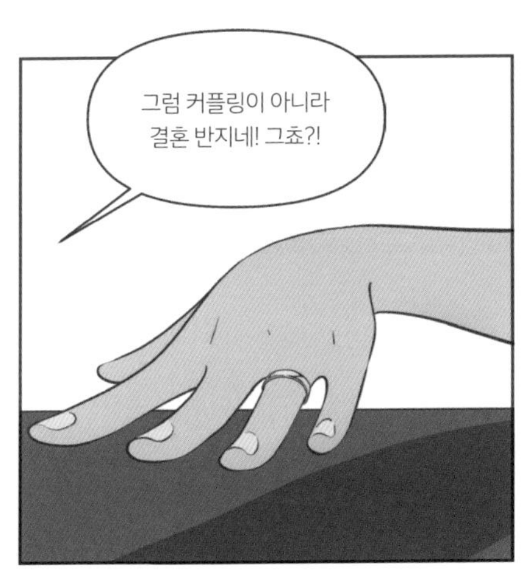
그럼 커플링이 아니라
결혼 반지네! 그쵸?!

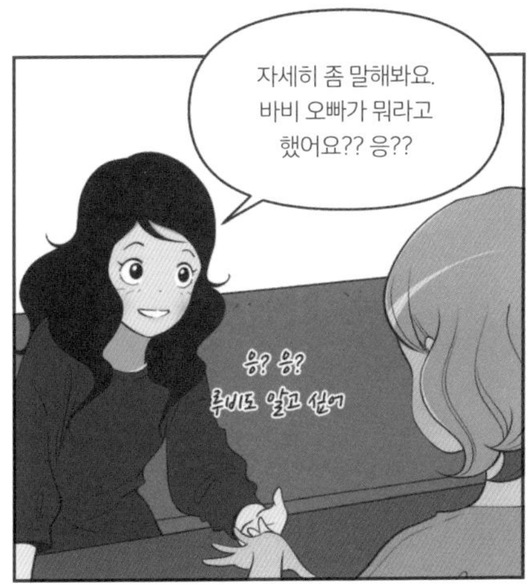
자세히 좀 말해봐요.
바비 오빠가 뭐라고
했어요?? 응??
응? 응?
루비도 알고 싶어

바보빠가
무릎도 꿇고
막 그랬어요??
응? 뭐랬는데~

아 됐고!
바비 오빠가 뭐라고 하면서
결혼하재요? 응??

우리
분명 행복할 거야.

당신이 받고 있는 시그널 5

네?! 죄송해요.
뭐라고 하셨었죠?
근무는 언제부터
가능해요?

다음 주부터
바로 가능해요.

분명히
처음 보는 사람인데…
왜 이렇게 낯이 익지?

뭔가 특별한 느낌을
주는 이 사람.
여자친구가 있다.

빠지는 것도
마음 접는 것도 선수급이지.
이런 건 깔끔하거든.
아흔!!!
이건 왜 이렇게
안 떼져?!!!
박!
박!
미안

분명 마음 접었는데도
어디선가 신호가 온다.
저 사람이 맞다는데? 미치겠네.
바비~
바비~
바비~
아, 미치겠네!
바비 사장님은
만나는 분이 있다니까!

개념 똑바로
박혀 있는지
확인해 봐!
이상하군.
잘 박혀 있는데?
-개념-

이 자식이…
나한테 은근슬쩍
떠넘기려고?!
지ㅣ잉

너 내가 하는 말
잘 들어!!!

알바 당장 때려치워!
괜히 나 욕먹게 하지 말고!!!
아… 알았어!!!

일을 관뒀는데도 신호는 계속됐어.
해당 사진을 복구합니다
확인
실은 점점 더 강해졌어.

그렇다고
지나다 인사할 겸 들렀어요
하지도 않았어.
그래봐야 나만 우스운 사람 될 테니까.

그러던 어느 날
술에 잔뜩 취했던 내 생일날
개념도 꺼진 그 순간

정신 줄을 놓고
딱 한 번 바비 사장님한테
전화했던 적이 있었는데

…안 받으시더라고.

오히려 다행이다 싶었어.
1:19
전화
유다은
부재중 전화
받으면?
내가 뭐라고 할 건데?

이제 내 해결책은 하나다.
이런 건 시간이 약이다.

시간은 이 문제를
반드시 해결해 주거든.
서서히 잊게 해주거나…

다시 만나게 해주거나.
어?!

저 기억나세요?
전에 알바했던
다은이에요.
아 맞다. 오랜만이네?
학교는 잘 다니지?

진작에 졸업했죠.
저 회사 다녀요.
사장님은요?
잘 지내지.

김유미!!!
니 전 남친 결혼한다!
지금 글이 써지냐?!!
아 깜짝아!!!
누구?
바비?

알고 있어.
근데 넌 그걸
어떻게 알아?

나야 모든 사람들의
SNS를 늘 체크하거든.
세상이 어떻게 돌아가는지는
알아야 할 거 아냐.
이꺼 이꺼

어?!

왜? 왜?!
신부 알아?
아는 사람??
흥미진진!

어쩐지…
이럴 줄 알았다.
하… 나 얘 알아.
누군데?!
어떻게 아는데??

사랑이라는 게
진짜 감이라는 게 있나 봐.
?!

처음 볼 때부터 되게
신경 쓰였었는데…

나 이 장면 꿈에서
본 것 같아.
아닌가?
내가 미래를
본 걸까?

뭐야. 왜 웃어?

귀여워서.
귀여워 죽겠네.

당신이 받고 있는 시그널 끝

여기 맞나?
오!!
구 사장 왔는가!

작업실 오픈 축하해.
찾는 데 한참 걸렸네.
루비야 나와봐.
네가 기다리던
구웅 왔다.

돈나무야. 돈 많이
벌라고.

아씨! 먹을 거
사 올 줄 알았더니만!
먹지도 못하는
풀떼기는 왜 사 와!

고마워.
돈 많이 벌고 싶었는데.
마침 잘됐다.

근데 넌
여기 왜 있냐?

유미 언니 돕고 싶어서 왔어요. 다시 힘내서 예전처럼 재밌는 이야기를 쓸 수 있도록 루비가 힘이 되어주고 싶었답니다.

저거 개뻥이야. 지 남자친구랑 붙어 있으려고 여기 온 거거든.
하하하 개수작!

…라는 오해를 받고 있지만 진심은 언젠가 통하겠죠. 루비는 괜찮아요.

이게 누굴 속이려고!
-여배우 세포-
콱

후훗, 김유미 눈치 하나는 확실히 빨라졌어.
여기가 돈 안 쓰고 데이트하는 만남의 광장~

제트도 여기서
일하는 거야?
그니까 누구 맘대로?
어차피 남는 공간
우리 제트 오빠도 좀
쓰자는 거죠.

작품 다시
들어가는 거야?
응 김유미도
엑셀 한번 꽉
밟아봐야지.

왠지 잘할 수
있을 것 같아.

올해의 로맨스 작가로 선정되신 김유미 작가님을 모시고 이야기 나누고 있는데요.
-1년 4개월 후 12월 24일-

작가님이 주제로 자주 다루시는 과거에 대한 이야기
소설가 김유미
이 부분을 주제로 작가님과 대화 이어가 볼게요..

작가님은 지우고 싶은
순간이 있다면 어떤 게
떠오르시나요?

예를 들면
처음부터 만나지 않았으면
좋았을 연애라든지…

아! 물론 있죠.
"에잇 처음부터 만나지
말았어야 했어"
하는 연애.

하지만 제가 너무 행복했던 기억들도 포함된 거라

바꿀 수 있다고 해도 그냥 놔둘 것 같아요.

개인적으로 그런 경험들이 도움이 되기도 했고요.

그런 경험들이 이야기를 쓰는 데 도움이 많이 됐거든요.
소설가

과거의 저에게 뭔가 말을 해줄 수 있다면
응원 정도가 적당하지 않을까요?

자신감을 가져!
네가 쓰고 있는 거!
내년 수상작이야.
아자!
…아무리 봐도
망삘인데

얘 아니야.
진짜는 뒤에
나올 거야.

이게
끝이 아니야.
기운 내.

다 끝났다 다…

아! 이거 기회 맞아!
여기서부터 차근차근
시작하면 돼. 화이팅!

앞으로 너한테도
재밌는 일들
많이 생길 거야.
조금 기다려봐!

그러려나?
내 인생이 평생 이렇게
재미없는 채로 끝나진 않겠지?

에휴~ 일단
이거나 빨리 끝내자.

여기에다
0.033을 곱해서…

439

여행 계획

이걸 하루에 다 돌려면
시간 부족하겠는데?

코스에서
폭포는 빼자.
뭐?!

안 되는데…
루비는 폭포 앞에서
사진 찍는 게 제일
중요한데…
폭포까지 보고
집에 오면 새벽 2시가
넘을걸?

아 진짜…
저것들 여행 계획
드럽게 못 짜네.
듣는 내가 다 속 터져.
타닥-
타닥-

-여행 세포-
가보고 싶은 데가
다섯 곳이 넘는데 저게
당일치기가 돼?
속 터져
야야!
끼어들지 마.

나라면
1박 하겠다.

야! 1박이라는 말
그렇게 쉽게 하지 마!!!
쟤들 순수한
애들이야!!!
-예의 세포-
-응큼 세포-

여행 세포가 말한 건데
왜 나한테 그래?
재들은 우리랑 달라!
엄청 순진하단 말야!

아… 1박?
맞네. 그건 생각 못 했네.

아! 속이 다
시원하네.
-여배우 세포-
딱 봐도 1박 여행인데
무슨 폭포를 빼고……
어휴.

너는 잠자코 있어.
제트 오빠 의외로
순진한 사람이야 알지?
-응큼 세포-
히힝 아라쪄.

그런가?
1박 하는 게 더 나으려나?
오빠는 어때?

하루에 왔다 갔다
운전하는 데만 시간 다 보내면
오빠 너무 피곤하니까.

오빠?
제톱빠!
야호!!!!

-응큼 세포-
후훗! 내가 그려둔 그림이
착착 완성되어 가는구나!

쉿! 지금 응큼한 생각은
제트만 하고 있으니까
너무 티 내지 마!!!

이럴 때 나만 응큼한 사람
같다는 생각이 든다.

나라면
1박 하겠다
쟤들은 경제적 효율 측면에서
1박이 좋겠다고 하는 거고
운전하는 데 시간
다 보내면 아깝잖아

이제 자연스럽게
1박 여행을 완성시켜 볼까?
뭉그적~
뭉그적~
음… 아무래도
1박 하는 쪽이
더 나으려나?

뭘 꾸물거려!!
1박 해!!!
하루 종일
운전만 할래?!!!

타닥!
타닥!
누가 잡아먹나?
제톱빠 왜저럼???
옆에서 바람 좀 넣어봐!

도움 요청?!

저 자식 좀
어떻게 해봐!

-낚시 세포-
오케이!
도와줄게!!

?!!!!
흐아함~
당일치기면
나도 따라갈까?
좋았어!

이게
무슨 짓이야.
김유미!!!!
쿵!!!!!!!!

내 1박 여행 계획을 간파하고
나를 떠보는 건가?
어디서 얕은 수를!!!!

이럴 땐 오히려 세게 나가면
꼬리를 내리게 되어 있지.
그럴래요?
그럼 좋죠. 재밌겠다.

와, 괜찮다!!!
유미 언니도 같이 가면
재밌겠당!!!!
짝짝짝짝짝!!!
짝짝짝짝짝!!!
루비야 안 돼!
왜 니가 걸려들어?!!!

우우웅!!!!

?!

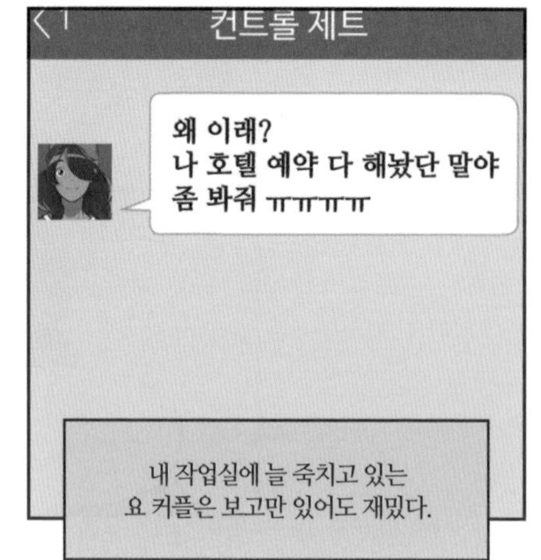
컨트롤 제트
왜 이래?
나 호텔 예약 다 해놨단 말야
좀 봐줘 ㅠㅠㅠㅠ
내 작업실에 늘 죽치고 있는
요 커플은 보고만 있어도 재밌다.

일해야지.
내가 가긴 어딜가.
그냥 해본 소리야.

보는 나도 재밌는데
니들은 얼마나 재밌겠니?
그럼 그냥
1박 할까?
응!
좋~을 때다.

440

도시락

언니
건포도 먹어요?
건포도 못 먹는
사람도 있나?
의외로 많은데?

근데
건포도는 왜?
내일 도시락 쌀 건데
못 먹는 거 있으면
알려주세요.
와작—
와작—
도시락 좋지.

난 못 먹는 거 없는데?
다 먹어.
가리는 음식이
없다고?

그럼
고수 먹어요?
응.
멍게도 먹어요?
사주면 잘 먹지.

-출출 세포-
제일 센 세포? 출출이 아니야?
쟤는 가리는 게 없으니 약점도 없거든.

와작!
와작!
출출아! 넌 싫어하는 음식이 뭐야?
……
봤지? 게다가 별 생각도 안 하고 살아.
그게 진짜 무서운 거거든

맛집은 말할 것도 없고
콰작!
콰작!
그만 좀 처먹어!!!
뿅!
입맛이 떨어져도 금방 재생하지.

저거 봐.
지 얘기해도 처먹느라
우리 말은 듣지도 않아.
저 집중력.
와구
와구
쟤가 제일 센
세포 맞다니까.

사랑 세포가 있으면
걔가 1등인데
지금은 없으니까
출출이가 제일 센 거지.

-다음 날-
언니도 도시락 드세요!
진짜 싸 왔구나!!!
끼야앙!!!

루비가 만든 저칼로리 저염식 웰빙 도시락!
짠!!!
저칼로리?!
저염식?!
웰빙?!

음식 앞에 붙이면 안 되는 세 가지를 몽땅 붙인 음식!!!
풀떼기잖아!!!!

출출이가
주저하고 있어!!!!
주춤….
주춤….
고기 한 점 없는
샐러드…

나 이거 못 먹어.
아니! 안 먹어!
에잇!
?!!

왜?… 너무
채소만 많아서?
이걸
어떻게 먹어?

도시락이
너무 예쁘잖아.
화—악
아까워서
이걸 어떻게 먹냐…

제톱빠!!!!!
그냥 간직하게
해줘…
……

근데 도시락이 정말 예뻐.
-미술 세포-

이건 누군가를 열정적으로 사랑할 때만 나오는 도시락이다.

하… 나도 저럴 때가 있었는데.
근데 그때 같은 열정은 다시는 안 생길 것 같아.

그건 옆에 누가 없으니까 그런 소리 하는 거고.
맞아! 옆에 누가 생겨봐.
지지고 볶고 난리 나지!
난리 나지! 찌찌뽕!

아냐. 예전에
누굴 만날 때도 그랬어.

사랑인 줄 알았는데

자세히 보면
사랑 세포?!!

응? 나는 감성 세폰데? 헤헤
아니다?

하긴 연애하고 싶은 마음이랑
누굴 사랑하는 마음은
다르긴 하지.

아깐 풀떼기는
안 좋아한다고
했잖아요!

혹시 우리들 중에
새우라도 껴 있을까 봐
드시는 모양인데
여긴 고기 없소.
온통 풀뿐이라오.
풀떼기는 안 좋아하신다
하지 않았소?

안 좋아한댔지,
안 먹는다고 안 했는데?
요놈들
한 놈도 놓치지
않겠다

출출이
3단 관통 스피어를
받아라!!!!
절대 용서 못해!!!
으아악!!!!!
그래서 앞으로
연애 안 하시겠다?
콱!!!

와작~
와작~
안 한다고는
안 했는데?

441

사랑에 빠진 사람이 어떻게 차분할 수 있겠어?

사람은 크게 두 종류의 사람이
있는 것 같다.

사람들 속에 있으면
에너지가 충전되는 타입과

사람 많은 곳에 있으면
에너지가 빨리는 타입.
나 같은 사람.

아… 정신없어.
기 빨린다.
쪽-
쪽-

그래서 나는 에너지 손실을 줄이기 위해
집 밖에서는 〈저전력 모드〉로 생활한다.
〈저전력 모드〉
최소한의 세포만 사용하는 것.

나는 주로
이성 세포만 사용한다.
일 잘하거든.
다다다다
-이성 세포-
계약서 수정 후에
곧바로 회의 자료
준비해!!

이성 세포는
화창한 날씨에도
흔들리지 않고
타라라라락!!!!
타라라라락!!!!
쓸데없는 감상에 젖지 않아서
일 처리가 빠르다.

게다가…
신 대리야!

오늘 저녁에 시간 어때?
끝나고 우리끼리 맥주 먹으러 가자!
오늘은 같이 가요.

안 돼. 나 퇴근 후에 바빠.
이성 세포는 거절도 잘하지.

이래서 다들 나를 차갑다고 어려워하지만 나는 개의치 않는다.
으아아아!!!!!
다라라라!!
일 빨리 끝내고 정시 퇴근만 하면 되니까.

물론 나를 어려워하지 않는 사람도 있다.
근데 담당자님을 어디서 많이 뵌 것 같은데?

…저를요?
네. 굉장히
낯이 익어요.
어디서 봤었지?

?!!
우이씨…
바빠 죽겠는데
뭐 해 인마! 유미 작가가
전에 봤던 것 같다잖아!
빨리 맷돌 굴려봐!

기억을 꺼내
고향, 학교 등을
역추적해 가며
해마도서관
궁시렁~
궁시렁~
교차 지점을
찾아봐라!

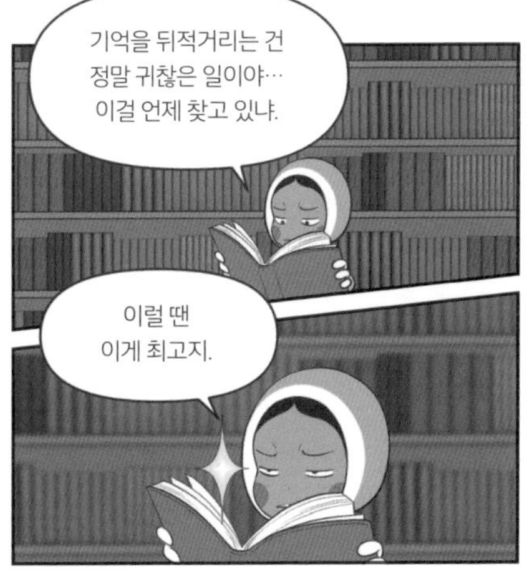
기억을 뒤적거리는 건
정말 귀찮은 일이야…
이걸 언제 찾고 있냐.
이럴 땐
이게 최고지.

제가 워낙
흔한 얼굴이라…
이렇게 순발력 좋은
이성 세포도 못 하는 게 있지.

작가들의 원고를
읽어보는 일.
-이성 세포-
미안한데
뭔 말인지 하나도
모르겠어.

이런 건 내 프라임 세포가
전문인데…
'사랑에 빠진 사람이
어떻게 차분할 수 있겠는가?'
…뭔 말이야.
사랑이랑 차분함이랑
무슨 관계지?

으아아!!!
한계야 한계!!
-이성 세포-
야!! 아직
업무 중이야!!!
일어나!!!

원고는
어떤가요?
일단 돌아가서
편집부 의견을 종합해서
회신드릴게요.

조금 있으면
제트 작가님도 오실 텐데
저녁 식사 하고 가시면 어때요?
오늘 퇴근 후에
바쁘세요?

퇴근 후에도
시간 내기가 좀
어렵겠는데요?

집에 가서 목욕해야 되거든요.
전 집돌이니까요.

저는 집에 와야
최고의 컨디션이 유지돼요.
역시 집이 최고야

머리도 잘 돌아가죠.
아깐 이해되지 않던 구절도
작가님의 의도까지 읽히거든요.

늦은 밤 잠든 남자친구의 전화기에
그 여자의 번호가 떴을 때
1:19
전화
유다은
부재중 전화
차분한 자신의 모습을 보고

'아… 나는 이 사람을 사랑하지 않는구나'
이걸 표현한 거였군요?

그래.
이 타이밍엔 눈 돌아가야
정상이지.
어떻게
차분할 수 있겠어?

단행본
특별 외전

나만 응큼해?

시그널

이러려고 나 만나?

갑작스러운 초대

그치만 부끄러운걸

유미의 세포들 11

초판 1쇄 발행 2021년 5월 24일 **초판 6쇄 발행** 2023년 10월 31일

지은이 이동건
펴낸이 이승현

출판1 본부장 한수미
라이프 팀
디자인 함지현

펴낸곳 ㈜위즈덤하우스 **출판등록** 2000년 5월 23일 제13-1071호
주소 서울특별시 마포구 양화로 19 합정오피스빌딩 17층
전화 02) 2179-5600 **홈페이지** www.wisdomhouse.co.kr

ISBN 979-11-91583-49-6 04810
979-11-91583-55-7 04810(세트)